MaryJanice Davidson vit dans le Minnesota. Elle écrit dans de nombreux genres littéraires : romance contemporaine, romance paranormale, érotisme… Elle est gentille avec certains enfants et il lui arrive, parfois, de bien traiter les petits animaux. Elle adore parler d'elle à la troisième personne.

Du même auteur, chez Milady :

Queen Betsy :
1. *Vampire et Célibataire*
2. *Vampire et Fauchée*
3. *Vampire et Complexée*

www.milady.fr

MaryJanice Davidson

Vampire et Complexée

Queen Betsy – 3

Traduit de l'anglais (États-Unis) par Cécile Tasson

Milady

Milady est un label des éditions Bragelonne

Titre original : *Undead and Unappreciated*

Suivi d'un extrait de : *Undead and Unreturnable*

Illustration de couverture :
Maureen Wingrove

ISBN : 978-2-8112-0500-3

Bragelonne – Milady
60-62, rue d'Hauteville – 75010 Paris

E-mail : info@milady.fr
Site Internet : www.milady.fr

À mon beau-frère, Daniel,
qui ne se plaint jamais.
Peu importe le nombre de fois
que j'essaie de lui soutirer des potins juteux…

Remerciements

Ce livre n'aurait jamais pu être écrit sans… moi !

Et mon mari, mon attachée de presse, ma sœur, mes parents, ma correctrice, mes amies, mon agent, mon éditeur, l'illustrateur, les vendeurs, l'équipe marketing, les libraires, les chocolats Godiva et mes lecteurs.

Mais il ne faut pas m'oublier, quand même.

Note de l'auteur

Vous l'aurez compris, la fille de Satan ne vit pas réellement dans la banlieue de Minneapolis...
Elle vit dans celle de Saint Paul, bien sûr!
De plus, après s'être renseignée sur les mariages laïques sur Internet, Betsy s'est fortement inspirée de ce site (en anglais) :
http://www.maggiedot.com/7Destiny/.
Un grand merci au révérend Marcia Ann George.

« La sœur de la Reyne sera chérie par l'Étoyle du Matin et dominera le monde. »

Le *Livre des Morts*

« Nous avons procédé sans crainte à un inventaire moral approfondi de nous-mêmes. »

Les Alcooliques Anonymes, Étape 4

« Auras-tu toujours besoin de moi,
me nourriras-tu encore,
quand j'aurai soixante-quatre ans ? »

John Lennon et Paul McCartney

Prologue 1 : Secrets

Il était une fois Satan qui s'ennuyait. Il décida donc de posséder une femme enceinte peu aimable et de prendre le contrôle de son corps durant une année, histoire de s'amuser un peu.

Pendant tout ce temps-là, Satan continua à boire et à fumer, mais avec modération, et pensa même à prendre ses pilules prénatales malgré la constipation qu'elles entraînaient.

Et un beau jour naquit une petite fille.

Après un mois de couches, de biberons nocturnes, de coliques, de lessives, de lait maternisé renversé (le démon refusait d'allaiter) et de vomi, Satan en eut assez et reprit le chemin de l'Enfer qui était infiniment plus agréable que la vie avec un nouveau-né.

La fille du diable fut adoptée et grandit dans la banlieue de Minneapolis, dans le Minnesota. Elle s'appelait Laura, aimait la glace à la fraise et ne ratait jamais, ô grand jamais, un service paroissial. C'était une charmante jeune fille.

Sauf qu'elle s'énervait très facilement.

PROLOGUE 2 : PROBLÈMES

Motel Thunderbird
Bloomington, Minnesota
20 h 57

— OK, les gars, on y va ! C'est bon, Charley ? Tu as assez de lumière ?

Le cameraman leva la tête.

— Pas génial, mais ça ira mieux à l'intérieur.

— Ne t'inquiète pas, on ne filmera pas dehors. On va entrer dans la salle de réunion. Vous êtes sûr que ça ne pose pas de problème ?

Le représentant serra les mains l'une contre l'autre avant de hocher la tête. Il avait le crâne lisse comme un œuf, sans la moindre trace de sueur. Même son costume ne semblait avoir aucun fil apparent.

— Il est temps de montrer aux gens qu'il ne s'agit pas d'une bande de losers qui ont peur de mettre le nez dehors et passent leur temps à fumer. Il y a des médecins, des avocats, des… (Ses yeux bleu pâle se firent perçants. Des yeux de pilote.) Des présentatrices…

Très subtil, connard.

— Oui, oui. On fera passer le message.

Elle tourna le dos au représentant des Alcooliques Anonymes pour marmonner :

— Il ne se passe vraiment rien en ce moment ! Que quelqu'un me donne une guerre à couvrir ! OK, on y va, Chuckles.

Charley connaissait son boulot et, avec son nouvel équipement, se mettre en position était du gâteau : rapide et silencieux. La salle de réunion ressemblait à des milliers d'autres, autant par l'aspect que par l'odeur : dépouillée, avec des effluves de café dans l'air. Curieusement, à leur entrée, personne ne leur prêta attention.

Partout, on buvait du café en parlant doucement, on grignotait du fromage sur des toasts et on s'observait à la dérobée.

Ils ressemblaient parfaitement à la description que le représentant avait faite d'eux, pensa la journaliste : respectables, calmes… sobres. Elle se demandait bien pourquoi ils avaient accepté d'être filmés. Après tout, n'étaient-ils pas censés rester anonymes ?

— Bonsoir, tout le monde ! commença le représentant en se plaçant à l'avant de la salle. Installez-vous, nous allons commencer. Comme vous le savez, Channel 9 est parmi nous ce soir pour nous aider à sensibiliser le public. Les téléspectateurs pourront se rendre compte que nous ne sommes pas une bande de malfrats en trench-coats et se joindront peut-être à nous. Je vais commencer, puis nous accueillerons un nouveau membre… (Une personne que la journaliste ne pouvait pas voir protesta frénétiquement à voix basse, mais le représentant ne l'entendit pas – ou choisit de ne pas l'entendre.) Je m'appelle James, poursuivit-il, et je suis sobre depuis six ans, huit mois et neuf jours.

Tandis qu'il laissait sa place, le silence fut brisé par un froissement et un « Aïe ! Saleté de marche ! » étouffé.

Une jeune femme d'une trentaine d'années apparut alors derrière le pupitre. Elle plissait les yeux, comme si la lumière artificielle la faisait souffrir. Quand elle prit la parole, sa voix se révéla tout simplement ensorcelante.

— Bon, ben… salut ! Je m'appelle Betsy et je n'ai rien bu depuis trois jours et quatre heures.

— Zoome sur elle ! s'exclama la journaliste.

— Je l'ai, répondit Charley, captivé.

C'était une très grande femme : comme sa tête atteignait presque le panneau « Interdit de fumer », elle devait mesurer plus d'un mètre quatre-vingts. Elle portait un tailleur vert mousse avec une veste boutonnée jusqu'au menton qu'on pouvait porter sans chemise. La riche couleur de l'étoffe faisait ressortir sa peau blanche et délicate ainsi que ses grands yeux vert foncé qui rappelaient les feuilles des sous-bois.

une bande de malfrats en trench-coats et se joindront peut-être à nous. Je vais commencer, puis nous accueillerons un nouveau membre… (Une personne que la journaliste ne pouvait pas voir protesta frénétiquement à voix basse, mais le représentant ne l'entendit pas – ou choisit de ne pas l'entendre.) Je m'appelle James, poursuivit-il, et je suis sobre depuis six ans, huit mois et neuf jours.

Tandis qu'il laissait sa place, le silence fut brisé par un froissement et un « Aïe ! Saleté de marche ! » étouffé.

Une jeune femme d'une trentaine d'années apparut alors derrière le pupitre. Elle plissait les yeux, comme si la lumière artificielle la faisait souffrir. Quand elle prit la parole, sa voix se révéla tout simplement ensorcelante.

— Bon, ben… salut ! Je m'appelle Betsy et je n'ai rien bu depuis trois jours et quatre heures.

— Zoome sur elle ! s'exclama la journaliste.

— Je l'ai, répondit Charley, captivé.

C'était une très grande femme : comme sa tête atteignait presque le panneau « Interdit de fumer », elle devait mesurer plus d'un mètre quatre-vingts. Elle portait un tailleur vert mousse avec une veste boutonnée jusqu'au menton qu'on pouvait porter sans chemise. La riche couleur de l'étoffe faisait ressortir sa peau blanche et délicate ainsi que ses grands yeux vert foncé qui rappelaient les feuilles des sous-bois.

Ses cheveux blond doré et ondulés lui arrivaient aux épaules. Ils étaient striés de jolies mèches rouge et or. Ses pommettes anguleuses donnaient à son visage un attrait particulier, saisissant.

Quand elle parlait, elle dévoilait des dents d'un blanc éclatant.

— OK. Euh… Comme je vous le disais, je m'appelle Betsy. J'ai pensé que je devais peut-être venir ici… j'ai vu sur Internet que… Bref, j'ai pensé que vous pourriez peut-être me donner des conseils pour arrêter de boire.

Silence de mort. La journaliste se rendit compte que l'audience semblait aussi ensorcelée que Charley. Quelle présence ! Quels vêtements ! Quelles… Étaient-ce des Bruno Maglis ? Elle s'approcha davantage. Mais oui ! Quel était le métier de cette femme ? Elle-même avait déboursé 300 dollars pour la paire rangée dans son placard.

— Le problème, c'est que j'y pense tout le temps. Quand je me réveille. Quand je vais me coucher. Tout le temps.

Tous hochaient la tête. Même Charley. La caméra en tremblait.

— Ça me… ça me contrôle. Ça contrôle ma vie entière. Je commence à planifier mes sorties en fonction de mon envie de boire. Par exemple, si je vais prendre le petit déjeuner avec une amie à cet endroit-ci, je pourrai me faufiler dans une allée sombre un peu plus loin, pendant qu'elle va faire un tour dans les beaux quartiers. Ou alors, si j'annule un dîner avec un autre ami, je changerai la date de notre rendez-vous pour m'éclipser et prendre ma dose à la place.

Tous hochèrent la tête avec plus de conviction. Certains avaient même les larmes aux yeux! Heureusement, Charley avait cessé de bouger. Il se contentait de zoomer sur l'interlocutrice.

—Fais un gros plan sur son tailleur, murmura la journaliste.

—Je n'ai pas l'habitude de tout ça, poursuivit la femme. Bien sûr, j'ai toujours désiré des tas de choses, mais pas de cette façon-là. Avouez que c'est dégueulasse! (Éclats de rire.) J'ai essayé d'arrêter, mais je n'ai réussi qu'à me rendre malade. J'en ai parlé à des amis: ils m'ont conseillé de respirer un grand coup. Ha ha! Très drôle! Mes nouveaux amis, eux, ne comprennent même pas le problème. On peut dire qu'ils n'arrangent rien à la situation. (Encore des hochements de tête.) Alors me voilà. J'ai un souci. Un gros souci. Et j'ai pensé que venir ici pour vous en parler me ferait du bien. C'est tout.

Comme le silence se prolongeait, elle ajouta:

—J'ai fini.

Tout à coup, de violents applaudissements retentirent. La journaliste demanda à Charley de faire un plan d'ensemble pour donner un aperçu de la réaction de l'auditoire. Le représentant ne lui donnerait peut-être pas l'autorisation de montrer tous ces visages au journal de 22 heures, mais elle ne voulait pas perdre une occasion pareille.

Malheureusement, lorsqu'elle voulut indiquer à Charley de pointer de nouveau la caméra sur la jeune femme pour la filmer en train de reprendre sa place dans la salle, elle avait déjà disparu.

La journaliste et son caméraman cherchèrent la splendide inconnue pendant une dizaine de minutes, en vain. Aucun des deux ne comprit comment une femme avait pu s'évaporer d'une salle de réunion aussi petite.

Pourtant, elle était bel et bien partie.

Et merde !

Chapitre premier

Je pris une gorgée de thé (orange pekoe, six sucres) et tendis la jambe pour admirer mon pied. Les Bruno de la saison dernière avaient toujours autant de classe ! J'étais persuadée que j'aurais pu les porter pendant une dizaine d'années sans qu'elles soient démodées. La qualité a un prix… mais elle dure aussi plus longtemps.

Marc Spangler, l'un de mes colocataires, entra dans la cuisine d'un pas lourd en bâillant. Je repliai la jambe avant qu'il trébuche dessus et se brise le crâne contre le four à micro-ondes. Il avait une mine horrible… comme chaque fois qu'il revenait du boulot. Depuis que je vivais sous le même toit qu'un médecin des urgences, j'avais découvert que ceux-ci rentraient à la maison en bien plus mauvais état qu'un éboueur.

— Encore une dure journée passée à sauver des vies et à séduire l'homme de ménage ? l'accueillis-je chaleureusement.

— Encore une dure nuit passée à sucer le sang de pauvres types sans défense ?

— Ouais, répondit-on en chœur.

Après s'être versé un verre de lait, il s'assit en face de moi.

— Tu as l'air d'avoir besoin d'une tartine, lui fis-je remarquer.

— Oublie. J'en ai marre de manger devant toi pour que tu prennes ton pied par procuration. « Ooh ! Ooh ! Marc, étale bien le beurre partoooout sur le pain… Fais-moi sentir… Et si tu mettais de la bonne confiture toute sucrée dessus ? » À cause de toi, j'ai pris trois kilos depuis que j'ai emménagé ici !

— Tu devrais montrer plus de respect envers les morts, rétorquai-je d'un ton solennel avant d'éclater de rire.

— Mon Dieu, quelle journée ! s'exclama-t-il.

Ses cheveux commençaient à bien repousser (il avait traversé une période « crâne rasé » l'été précédent). À présent, il ressemblait à un balai-brosse avec de chaleureux yeux verts. J'étais jalouse de ses yeux : les miens étaient plutôt kaki, voire caca d'oie, alors que les siens, parfaitement clairs, avaient la couleur des lagons.

— Qu'est-ce qui se passe ? Des morts ? Du sang ? Une guerre des gangs ?

Dans le Minnesota, ça m'aurait étonnée. Quoique, il avait vraiment l'air crevé.

— Non. Cette foutue administration a encore changé tous les formulaires, expliqua-t-il en se frottant

— Je sais. Je l'ai compris plus tard. Ce sont vraiment des gens bien. Sympathiques, quoiqu'un peu nerveux. En revanche, j'ai dû semer la journaliste.

— Une journaliste… (Il secoua la tête.) Je ne comprends pas, Betsy, pourquoi est-ce que tu es allée là-bas ?

— Ben, c'est évident, non ? demandai-je, sur la défensive. (Marc n'était pas aussi long à la détente, d'habitude.) Je bois du sang, pardi !

— Et alors, ça a marché ? s'enquit-il d'un ton exagérément inquiet.

— Bien sûr que non, andouille ! La journaliste et les lumières m'ont fait peur. Je me suis enfuie. J'y retournerai peut-être, qui sait ?

Je pris une nouvelle gorgée de thé. Il manquait de sucre. J'en rajoutai avant de continuer :

— Oui, je vais faire ça. Peut-être qu'ils ne te donnent les bons tuyaux qu'au bout de plusieurs séances.

— Ce n'est pas si facile, ma belle ! plaisanta-t-il. (Pourtant, il ne semblait pas amusé.) Mais essaie, si tu veux. Tu verras comment ça marche.

— C'est quoi ton problème ? Tu as besoin d'un verre ?

— Je suis un ancien alcoolique.

— Arrête tes conneries !

— Betsy, je ne rigole pas.

— C'est ça, oui !

— Je te le jure.

Je tâchai de calmer le sentiment de panique qui grandissait en moi. Bien sûr, je ne connaissais pas Marc depuis aussi longtemps que Jessica, par exemple, mais quand même ! Si c'était vrai, il aurait sûrement déjà abordé le sujet ! À moins qu'il l'ait fait et que je ne m'en souvienne plus ? Les six derniers mois avaient été tellement dingues que…

— Ne t'inquiète pas, me rassura-t-il, interprétant correctement mon expression horrifiée. Je ne t'en ai jamais parlé.

— Mais… j'aurais dû m'en rendre compte.

Je pouvais descendre une caisse de vin de prune par mois, Jessica vivait une véritable histoire d'amour avec le daïquiri et Sinclair enchaînait les grasshoppers comme si la crème de menthe allait être interdite (pour un très viril roi des vampires, il avait des goûts de fille). Pourtant, je n'avais jamais trouvé bizarre que Marc se contente de lait, de jus ou d'eau.

Évidemment, j'avais d'autres choses en tête, surtout depuis quelque temps. Il n'empêche que je me sentais coupable. Quelle amie je faisais ! Je ne m'étais même pas rendu compte que mon colocataire avait un problème d'alcool !

— J'aurais dû m'apercevoir que quelque chose n'allait pas, répétai-je. Je suis désolée.

— Et j'aurais dû t'en parler… Je n'ai simplement jamais trouvé le bon moment. D'abord, il y a eu

Nostro, puis les meurtres en série, et Sinclair a emménagé ici…

— Ne m'en parle pas ! Mais comment est-ce que tu as su que tu avais un problème ? Tu es si jeune !

— Pas tant que ça, Betsy. Tu n'as que quatre ans de plus que moi.

Je passai outre à sa remarque.

— C'est pour cette raison que tu voulais sauter du toit de l'hôpital quand je t'ai rencontré ? demandai-je. L'alcool t'a poussé au suicide ?

— Non, ça, c'était la faute de la paperasse et de la frustration sexuelle. L'alcool, lui, me faisait dormir. En fait, tout est parti de là : le sommeil.

— Ah bon ?

— Oui. Être étudiant en médecine n'est pas si mal. Le travail ne requiert pas d'effort intellectuel particulier…

— Tu dis ça parce que tu es un génie des maths !

— Non, je te le jure, insista-t-il. Il faut juste une bonne mémoire. Les hôpitaux n'ont pas le droit d'épuiser les étudiants. En revanche, ils font ce qu'ils veulent avec les internes. Quand on est à ce poste, on manque toujours cruellement de sommeil.

Je hochai la tête. Dieu merci, j'avais assidûment regardé tous les épisodes d'*Urgences* avant qu'ils tuent Mark Green. Après, la série n'avait plus présenté aucun intérêt.

— C'était devenu normal pour moi de rester éveillé quarante, voire cinquante heures d'affilée.

— Mais… et les patients ? Ils n'en pâtissent pas ? Après tout, plus on est fatigué, plus on risque de faire une erreur. Pas la peine d'avoir fait Harvard pour savoir ça !

Marc acquiesça d'un signe de la tête.

— Bien sûr. Tout le monde le sait, aussi bien l'administration que les médecins ou les infirmières. Mais si un bébé doc – c'est le surnom qu'on donne aux internes – fait une erreur, on mettra ça sur le compte de son manque d'expérience, pas sur le fait qu'il n'a pas dormi depuis quarante-huit heures.

— Les salauds !

— À qui le dis-tu ! On est censés travailler durant un nombre d'heures limité, mais personne ne le respecte. Au bout d'un moment, on s'y habitue. On a l'impression d'avoir toujours été fatigué. Et même les nuits où on ne travaille pas, le sommeil devient difficile à trouver. On est habitué à rester éveillé. De toute façon, même si on s'endort, une infirmière risque de venir nous réveiller toutes les cinq minutes pour s'occuper d'un nouveau patient ou d'une urgence, alors pourquoi essayer ? Il faut rester éveillé tout le temps.

Il se dirigea de nouveau vers le réfrigérateur pour se servir du lait, et but une gorgée avant de se rasseoir.

— C'est pour ça que j'ai commencé à boire du Dewar's. Ça m'aidait à dormir. Au bout d'un moment, je me suis mis à y penser au boulot. J'avais hâte de rentrer pour pouvoir prendre un verre. Puis, je suis arrivé à un stade où je buvais même si je n'avais pas besoin de dormir. Mais très vite, ça n'a plus suffi… alors, j'ai apporté ma bouteille au boulot.

— Tu buvais sur ton lieu de travail ?

Et toi, tu bois du sang! me rappelai-je. *Ne juge pas les autres trop vite.*

— Ouais. Le plus drôle dans l'histoire, c'est que je me souviens parfaitement du moment où j'ai compris que j'avais un problème. Rien à voir avec le nombre de bouteilles en verre que je recyclais toutes les semaines ou avec le fait de travailler avec la gueule de bois.

» Un jour, quand je bossais encore à Boston, on m'a demandé de rester plus longtemps. Je me suis rendu compte que tous les bars et les boutiques d'alcool seraient fermés lorsque je sortirais. Et je n'avais qu'une demi-bouteille de Dewar's à la maison. Alors j'ai téléphoné à des copains pour qu'ils aillent m'en acheter.

» Personne n'a accepté, bien sûr ! Je les comprends. Pas question d'aider quelqu'un à sombrer davantage dans l'alcool, pas vrai ? Mais le plus étrange dans tout ça, c'est qu'aucun d'entre eux ne semblait surpris par mon appel… à 23 h 30. C'est là que j'ai compris.

— Qu'est-ce que tu as fait ?

— Rien de radical. Rassure-toi, personne n'est mort. Du moins, personne qui n'était pas déjà condamné. Même le docteur House n'aurait rien pu faire pour eux. Non, j'ai simplement… arrêté. Je suis rentré à la maison et…

— Tu as vidé la bouteille ?

— Au contraire, je l'ai gardée. C'était comme… un garde-fou. Tant qu'elle restait intacte, je pouvais faire semblant de la garder pour plus tard. « Je ne bois rien ce soir, mais demain, je me ferai plaisir. » Et bien sûr, le lendemain, je me disais la même chose. Le mois prochain, ça fera deux ans que je n'ai rien bu.

— C'est… (Quoi ? Bizarre ? Cool ? Fascinant ?) C'est une histoire vraiment intéressante.

— Oui, oui, je vois que tu as les larmes aux yeux ! Tu es allée où ?

— Hein ?

— À quelle réunion est-ce que tu as assisté ?

— Euh… Celle du *Motel Thunderbird*. Sur la route 494.

— La prochaine fois, va à celle du *Bloomington Libe*. Le café y est meilleur.

— Merci pour l'info !

Après avoir fini son lait, il m'adressa un sourire orné d'une moustache blanche et disparut d'un pas traînant en direction de sa chambre.

Quant à moi, j'avalai mon thé tasses après tasses, sans cesser de penser au Dewar's.

Chapitre 2

La nuit suivante, à mon grand regret, Éric Sinclair, le roi des vampires, revint de son voyage en Europe. Grâce ou à cause de ça, ces dernières semaines s'étaient déroulées sans incident. Je ne lui avais posé aucune question à ce sujet, de peur qu'il confonde mon intérêt pour ses activités avec un intérêt pour sa personne. De toute façon, je supposais qu'il se rendait en Europe pour jeter un coup d'œil à ses nombreuses propriétés. Ce n'était pas comme si je mourais d'envie d'en savoir plus.

— Bon retour parmi nous, dis-je à Tina, son assistante et plus vieille amie.

Vraiment plus vieille amie. Elle avait dans les deux cents ans.

— Crève ! fis-je à l'attention de Sinclair.

— C'est déjà fait, rétorqua-t-il en repliant son journal pour le poser près de lui. Et je ne compte pas recommencer, même pas pour toi, ma chérie.

— À plus tard, Vos Majestés, s'excusa Tina avant de s'éclipser.

— Bonjour et au revoir. Pourquoi est-ce que tu ne l'imites pas ?

— Je t'ai manqué ?

— Loin de là.

Ce n'était pas tout à fait vrai. Du haut de son mètre quatre-vingt-dix, Éric Sinclair était un homme imposant. Ça ne venait pas seulement de sa carrure (larges épaules, longues jambes) ou de sa beauté (yeux noirs, cheveux bruns, bouche à croquer, grandes mains). Non, il avait simplement beaucoup de charisme… Il en était presque fascinant. Quand on le regardait, on ne pouvait que désirer sentir ses lèvres contre sa peau dans une pièce sombre : la luxure personnifiée.

— Viens t'asseoir, me dit Jessica. On dîne tard, ce soir. Très tard.

— Jess, fis-je en m'exécutant, combien de fois est-ce que je dois te le répéter ? Ne change pas tes habitudes simplement parce que nous dormons la journée !

— Ça ne me dérange pas, répondit-elle.

Gros mensonge. Il était 3 heures du matin et elle prenait seulement son repas du soir. Ou un petit déjeuner très matinal.

— Qui est-ce que tu essaies de convaincre, exactement ?

Je me servis une tasse de thé dans le service antique qui avait été vendu avec la maison, comme tout le reste d'ailleurs. Tout était très vieux et très cher. Heureusement, je commençais à m'habituer à me servir d'antiquités tous les jours. Au moins, si je cassais quelque chose, mon cœur ne lâcherait pas...

— Eh bien toi, tu m'as manqué ! fit Sinclair, comme si je lui parlais. En fait, j'avais hâte de revenir à tes côtés.

— Ne commence pas, le prévins-je.

— Au contraire, intervint Jessica en découpant le roast-beef en tranches.

L'odeur me rendait folle. Ô Bœuf ! Notre histoire d'amour s'était terminée trop tôt !

— La maison est d'un calme suspect en ce moment.

— Je pense qu'il est temps que nous parlions de notre petit... différend.

— Vraiment ?

Malgré nos statuts de roi et reine, donc techniquement de mari et femme, nous n'avions fait l'amour que deux fois en six mois.

— Tu ne peux pas revenir en arrière, Elizabeth. Même un être aussi exceptionnel que toi doit s'incliner face à la logique.

— Arrête ton char, rétorquai-je. Et passe-moi la crème.

— Ce que j'essaie de te dire, poursuivit-il sans prêter attention à ma requête (à mes deux requêtes, en fait), c'est que tu ne peux pas être enceinte à moitié ou retrouver ta virginité. Nous avons déjà été intimes, et selon les lois vampiriques, nous sommes mariés…

— N'en jette plus, tu me fais bâiller.

— Alors je ne vois pas pourquoi ne pas partager une chambre et un lit !

— Oublie ça tout de suite, mon pote ! (Je me levai pour prendre cette putain de crème moi-même.) Tu as besoin d'un récapitulatif ?

— Non, répondit Sinclair.

— Mais ça ne va pas t'empêcher de le faire, fit remarquer Jessica qui beurrait ses haricots verts.

— J'ai couché avec toi une première fois, je me suis retrouvée reine. La deuxième fois, Jessica t'a proposé d'emménager ici.

— Si l'on suit ta logique, c'est Jessica que je ne devrais plus fréquenter, pas toi.

— Quelle logique ? s'esclaffa Jessica. Et tu peux toujours rêver, blanc-bec !

— Fermez-la, tous les deux, et allez au diable !

— Qu'est-ce que j'ai fait ? s'écria-t-elle.

— Tu le sais très bien.

Mon regard assassin ne lui fit aucun effet. Elle me connaissait par cœur. Mieux valait changer de sujet avant de se disputer réellement. Tout le monde connaissait mon avis sur la question. Ils devaient sûrement en avoir aussi marre que moi.

— Où est Tina ?

— Elle rend visite à des amis.

— Vous n'êtes pas allés en Europe pour ça ?

— En partie, admit Sinclair en sirotant son vin. Marc travaille, je suppose ?

— Tu supposes bien. Pour une fois ! ajoutai-je au cas où le compliment lui monterait à la tête.

Il choisit de passer outre à mon commentaire, comme dans quatre-vingt-dix pour cent des cas.

— Je t'ai rapporté quelque chose.

Voilà qui réussit à capter mon attention. Je m'en voulais bien sûr, mais j'étais aussi très curieuse… un cadeau ! D'Europe ! Gucci ? Prada ? Fendi ?

— C'est vrai ? demandai-je d'un air détaché alors qu'en fait, je tremblais tellement que je faillis me renverser mon thé sur les genoux. (*Armani ? Versace ?*) Qu'est-ce que c'est ? Du savon ? (Je tentai de tuer mes espoirs dans l'œuf.) C'est du savon, pas vrai ?

Alors il sortit de sa poche une petite boîte noire de la taille d'un savon et me la tendit. Je ne savais pas si je devais être déçue ou excitée. Petite boîte = pas de chaussures. Mais cela signifiait peut-être qu'il s'agissait d'un bijou, ce que j'appréciais autant que n'importe quelle morte-vivante qui se respecte.

Quand j'ouvris la boîte, je faillis éclater de rire. Sur une chaîne en argent – non, attendez, Sinclair ne faisait jamais les choses à moitié : ce devait être du platine – était montée une chaussure miniature en platine également, décorée d'une émeraude, d'un rubis et d'un saphir. Les pierres étaient si petites qu'elles servaient de boucle à la chaussure. C'était adorable. Et cela coûtait sûrement une fortune.

— Merci, Sinclair, mais je ne peux pas accepter, fis-je en refermant l'écrin.

Quelques mois auparavant, j'avais tracé une frontière invisible entre nous, et même si c'était parfois difficile, j'étais bien décidée à ne pas la franchir.

Si j'acceptais ses cadeaux, à quoi est-ce que cela nous mènerait ? Coucher ensemble ? Régner ensemble ? Le récompenser pour sa sournoiserie ? Tourner le dos à mon ancienne vie et vivre un millier d'années en tant que reine des vampires ? Plutôt crever.

— Garde-le, rétorqua-t-il.

Était-ce de la déception que je percevais dans son regard ? Ou était-ce ce que j'avais envie d'y voir ? Dans ce cas-là, j'avais vraiment un problème.

— Tu changeras peut-être d'avis.

— Si tu te réveilles un jour…, marmonna Jessica à ses haricots verts.

Le silence pesant fut brisé par Marc qui entra soudain dans la salle à manger.

— Génial, je meurs de faim ! Il reste de la viande ?

— Des tonnes ! répondis-je. Tu rentres tôt.

— C'était carrément mort au boulot, alors je suis parti en avance. Au fait, vous avez des visiteurs !

— Il y a quelqu'un ?

Je posai la main sur l'écrin… avant de la retirer. Qu'est-ce que j'allais bien pouvoir en faire ? Je n'avais pas de poches. Le garder à la main ? Sinclair ne comptait pas le reprendre. Le laisser sur la table ? Non, ce ne serait pas très correct. Pas vrai ? *Et merde !*

Pourquoi faisait-il des choses pareilles ? Il savait parfaitement que je ne l'accepterais pas. Pas vrai ? *Et re-merde.*

— Je n'ai pas entendu la sonnette.

Le glisser dans la ceinture de mon pantalon pour l'emporter discrètement à l'étage ? Le cacher dans mon soutien-gorge ?

— Je les ai rencontrés devant l'entrée. C'est Andrea et Daniel. Ils veulent te demander quelque chose.

Je me levai immédiatement, sautant sur l'occasion de m'échapper.

— Allons voir ce qu'ils veulent, alors.

— N'oublie pas ton collier ! s'exclama gaiement Jessica.

Je grognai.

Chapitre 3

Andrea Mercer et Daniel Harris m'attendaient dans l'un des nombreux petits salons de la maison. J'étais heureuse de les voir, et pas seulement à cause de la distraction qu'ils représentaient. Je les appréciais réellement.

Andrea était une vampire, comme moi, jeune de surcroît, comme moi aussi. Elle avait été tuée le jour de son vingt et unième anniversaire, six ans auparavant, et commençait enfin à maîtriser sa soif.

Daniel était son petit ami, un type normal quoique terriblement charmeur. J'aimais passer du temps avec eux. Ils étaient totalement opposés : elle, sérieuse et lunatique, lui, insouciant et impertinent. Pourtant, ils s'aimaient sincèrement. Je trouvais cela remarquable.

— Votre Majesté, me salua Andrea en se levant d'un bond.

Je lui fis signe de se rasseoir avant de faire de même.

Affalé sur le canapé, Daniel bâilla. Grand, les yeux bleus et les cheveux blonds, il avait les épaules d'un joueur de football américain... Avec un casque à cornes sur la tête, il aurait fait un parfait Viking. Il ne s'était pas levé à mon entrée, c'était rafraîchissant.

— Betsy, ma belle, tu pourrais au moins nous recevoir à une heure décente !

— Toujours en train de râler, à ce que je vois ! répondis-je gaiement. Alors, qu'est-ce qui vous amène ?

— Merci de nous recevoir, dit Andrea.

— Non, merci à vous, marmonnai-je.

Sans eux, je serais encore assise près de Sinclair avec un sourire gêné aux lèvres, à chercher un moyen de ranger son collier.

— Je vais aller droit au but. Daniel m'a demandé de l'épouser.

— Quoi ? C'est pas vrai ? Génial ! Toutes mes félicitations !

— Merci ! (Andrea sourit en abaissant son regard avant de le porter de nouveau sur moi.) Et nous voudrions que vous le fassiez pour nous.

— Faire quoi ?

Me marier ? D'après certaines personnes, je l'étais déjà. Pas selon moi. Même si j'étais heureuse pour Andrea, j'étais tellement jalouse que j'aurais pu cracher sur ses chaussures bon marché. Pourquoi, ô pourquoi, Sinclair ne pouvait-il pas me demander en mariage ? Pourquoi avait-il fallu qu'il me piège ? Pourquoi m'offrait-il des cadeaux au lieu de s'excuser et d'essayer d'arranger les choses ? S'il m'aimait vraiment, il avait des manières bien étranges de le montrer. Et dans le cas contraire, pourquoi avait-il fait en sorte de se retrouver coincé avec moi pendant les mille prochaines années ?

— Nous marier, répondit Andrea. (*Oups, je ferais mieux d'écouter !*) Présider la cérémonie, quoi.

— Oh ! (C'était nouveau. Grâce à mon statut de reine, je pouvais faire beaucoup plus de choses que le commun des vampires. Porter des crucifix, boire de l'eau bénite, assortir ma garde-robe à mes chaussures. En revanche, c'était la première fois qu'on me demandait de célébrer un mariage de vampires !) Euh… je suis flattée, mais… est-ce que j'ai le droit de faire ça ?

— Oui, répondit soudain Sinclair à un mètre derrière moi.

Je faillis tomber du canapé. Ce type était incapable de faire du bruit comme tout le monde. Un mètre quatre-vingt-dix et aussi bruyant qu'une balle en mousse.

— En tant que reine, tu as le droit de présider toutes les cérémonies que tu désires, y compris les mariages.

— Je ne sais vraiment pas quoi dire…

— Dis « oui », rétorqua Daniel, parce que nous ne pouvons pas demander à un prêtre de le faire. Et, même si ça me dépasse, Andy veut à tout prix que ce soit toi qui nous maries.

Andy (personne d'autre n'avait le droit de l'appeler comme ça) hocha la tête.

— C'est vrai.

— Quoi donc ? la taquinai-je.

— Tout ce qu'il a dit. Est-ce que vous acceptez de nous aider ?

— Mais... (Mais je ne savais pas quoi faire – ni quoi dire. Mais c'était déprimant de marier un couple alors que moi-même, je n'aurais jamais droit à une vraie cérémonie. Mais c'était ridicule : une secrétaire ne pouvait pas marier qui que ce soit.) C'est quand, le grand jour ? cédai-je finalement.

Ils se consultèrent du regard avant de reporter leur attention sur moi.

— On a pensé qu'il valait mieux te laisser choisir, expliqua Daniel. Tu sais, avec ton emploi du temps de reine des vampires et tout le tralala...

Réaction typiquement masculine.

— Quand souhaites-tu te marier ? demandai-je à Andrea.

Elle avait sûrement choisi une date dès l'instant où il s'était mis à genoux. Elle hésita une seconde avant de jeter un coup d'œil à Daniel.

— À Halloween, répondit-elle.

— Cool !

Vraiment cool. Un mariage le jour d'Halloween... avec des vampires ! Et ça me laissait plus de deux semaines pour comprendre ce que j'étais censée faire.

Daniel paraissait vaguement paniqué : réaction typiquement masculine, le retour.

— C'est un peu rapide, tu ne crois pas ?

— C'est parfait, fis-je en essayant de détourner l'attention d'Andrea qui fulminait. On fait comme ça. Vous voulez le célébrer ici ?

Elle hésita de nouveau et interrogea Daniel du regard. Il se contenta de hausser les épaules et de s'installer plus confortablement dans le canapé.

— Si ça ne vous dérange pas, Votre Majesté...

— Aucun problème. Ce n'est pas comme si nous étions à l'étroit. Et puis, on n'a pas organisé de fête ici depuis... jamais, en fait !

Je commençais à apprécier l'idée. Je m'imaginais déjà dans un tailleur noir avec des escarpins violet foncé. Ou orange, pour aller avec l'esprit d'Halloween ? Non, violet.

— Merci du fond du cœur ! dit Andrea.

Oups, ils partaient déjà ! Droit au but, c'était Andrea tout craché. Et puis, Daniel n'arrêtait pas de bâiller. Cela ne devait pas être facile de s'habituer aux horaires d'un vampire. J'avais travaillé comme serveuse sur une aire de repos la nuit (bien avant que je sache ce que ça faisait de ne jamais voir la lumière du jour) et peu importait le nombre d'heures que je dormais la journée, je faisais toujours une sieste vers 4 heures.

— On se rappelle.

— Aucun problème, répondis-je en les raccompagnant à l'une des soixante portes de la maison. On en reparle bientôt. Encore toutes mes félicitations !

Quand la porte se referma derrière eux, je me retournai vers Sinclair qui m'avait suivie jusque-là.

— Il lui a demandé de l'épouser ? s'enquit-il en les regardant s'éloigner d'un air pensif.

— Oui. Ça ne te ferait pas de mal d'essayer.

Je passai devant lui d'un pas rageur pour monter dans ma chambre.

CHAPITRE 4

Ce qui n'était pas très malin de ma part, parce que j'avais du pain sur la planche. Je devais passer au *Scratch* et rendre visite aux Monstres. Alors, je relevai la fenêtre de ma chambre, retirai la moustiquaire, passai une jambe par-dessus le rebord et sautai.

L'avantage d'être morte, c'est qu'il est très difficile de se tuer de nouveau. Une chute de deux étages était une partie de plaisir. Aucune douleur. Je n'eus même pas le souffle coupé. Quel souffle, après tout ? J'avais l'impression d'avoir sauté du lit.

Après avoir touché l'herbe, je roulai sur le côté et me relevai. Ce n'est qu'une fois après avoir enlevé les feuilles mortes de mes cheveux et examiné la tâche herbeuse sur mon genou gauche que je me rendis compte que… j'avais oublié mon sac et mes clés. Je me dépêchai d'aller sonner à la porte.

Enfin ! Je démarrai la voiture pour me rendre à mon club, le *Scratch*.

Légalement, il ne m'appartenait pas. D'après les lois des vampires, si. C'était déroutant. En fait, si on tue un vampire, on hérite de toutes ses possessions.

En général, les vampires n'ont ni famille ni enfants et, de toute façon, les avocats ne s'occupent des droits de succession que dans la journée. Donc, quand j'avais tué cette garce de Monique, j'avais récupéré ses huit propriétés… mais seul le *Scratch* m'intéressait. J'avais demandé au comptable de Jessica de mettre en vente toutes les autres (une école, un restaurant français et un centre de spa en Suisse dont j'avais eu du mal à me séparer). Du moins, d'essayer. C'était difficile parce que, officiellement, je ne pouvais pas prouver que je les possédais. Et, comme j'étais une tête de mule, je refusais l'aide de Sinclair. Si je parvenais à les vendre, je m'occuperais de l'argent plus tard. En attendant, j'essayais de m'occuper du *Scratch*, même si ce n'était pas facile.

J'étais contente que Monique soit partie – enfin, morte – et ce n'était pas parce que j'avais hérité de sa voiture et de ses propriétés. Pas seulement. Elle avait dépassé les bornes : à plusieurs reprises elle avait essayé de me tuer. Pire, elle avait assassiné d'autres vampires pour m'atteindre. Sans parler du chemisier qu'elle avait détruit ! Il fallait que quelqu'un l'arrête.

Avant ma mort, j'avais travaillé pendant des années en tant que secrétaire. Je n'aurais donc aucun problème à gérer une boîte de nuit, du moins du point de vue de la paperasse… si les autres vampires me laissaient faire. Le problème, c'était qu'ils me détestaient. Dans leur monde, la loyauté était très importante, et ils m'en voulaient d'avoir descendu leur patronne.

Bien sûr, personne n'osait me le dire en face. Non, ils se contentaient de détourner le regard et de ne me parler qu'en cas d'extrême nécessité. Pour donner des ordres, c'était génial ! En revanche, pour entamer une conversation…

Je me garai devant le club qui ressemblait à toutes les autres maisons du quartier, si ce n'était pour le service de voiturier. À l'intérieur, comme d'habitude, c'était carrément mort. Sans rire.

— Euh… bon, dis-je à l'un d'entre eux.

J'étais incapable de retenir leurs noms. À bien y réfléchir, ils ne me les avaient jamais donnés. Et je pouvais toujours courir pour leur faire porter un badge bleu et blanc avec écrit « Bonjour, je m'appelle Untel » dessus.

— Il faut trouver un moyen d'attirer de nouveau les clients.

— Sa Majesté n'aura aucun problème à le faire, répondit l'un d'eux en scrutant un point au-dessus de mon épaule.

J'avais toujours l'impression qu'un monstre se cachait derrière moi. Peut-être était-ce vraiment le cas. Le vampire faisait à peu près ma taille, avec des cheveux blonds, des yeux clairs, de longs doigts fins et – je ne plaisante pas – les dents qui courent après le bifteck.

— Ne commence pas, tu veux ? rétorquai-je à l'attention de Dents-qui-courent. Je parle d'un moyen qui n'entraîne pas le massacre de quatre-vingts personnes par semaine !

Voilà comment les vampires aimaient vivre. Ils entretenaient des moutons, un terme horrible qui désignait des esclaves/partenaires humains dont ils pouvaient se nourrir au beau milieu de la piste de danse. Quant aux clients réguliers, si l'un d'eux ne leur plaisait plus : adieu ! Ils pouvaient toujours courir pour que j'adhère à ce genre de pratiques. C'était amoral. L'inspection du travail allait me coller au cul !

— Je ne fonctionne pas comme ça. On en a déjà discuté. Il est tout à fait possible de créer une boîte de nuit que les vampires apprécieront sans sacrifier des innocents.

— Vraiment ? s'enquit-il en observant la piste de danse déserte.

— Oh ! ferme-la ! Branche tes neurones et écoute-moi bien parce que, à partir de maintenant, ce sera la philosophie de ce club. Si tu étais un gars mort, tu n'aimerais pas venir prendre du bon temps dans un endroit où personne ne viendrait t'embêter ?

— Bien sûr, mais je voudrais aussi boire et m'amuser.

— Non, non et non ! Enfin si, boire un daïquiri, peut-être trois. S'amuser, quoi. Mais pas… tu sais.

Je fis mine de me trancher la gorge. Il haussa les épaules.

— On va y arriver, Dents-qui-courent, lui assurai-je.

Je répétais ces mots depuis au moins trois mois. Il haussa de nouveau les épaules.

— Majesté ! s'écria Alice, en accourant pour me saluer.

Enfin quelqu'un qui était content de me voir ! Bon, OK, ce n'était pas tout à fait juste. Je ne devais pas oublier Andrea et Daniel, qui étaient spécialement venus me rendre visite. D'accord, c'était pour me demander une faveur. Mais quoi qu'il en soit, cela faisait chaud au cœur.

— Entrez, entrez ! Vous auriez dû me prévenir de votre visite !

— Tout se passe bien, Alice ? (Comme d'habitude, je ne pus m'empêcher d'admirer son teint crémeux d'immortelle. Elle avait été transformée en vampire juste après la puberté, avant de connaître les affres de l'adolescence. Elle n'avait jamais eu aucun bouton.) Comment vont les Monstres ?

— Très bien, répondit-elle d'une voix enthousiaste. L'un d'eux s'est échappé mais, cette fois, j'ai réussi à le rattraper avant qu'il tue quelqu'un !

Je frissonnai.

— Beau travail. Est-ce qu'il s'agit toujours du même ?

La propriété de Nostro – encore un vampire que j'avais tué… mais ne tirez pas de conclusion hâtive :

je ne suis pas ce genre de reine – était entourée d'une haute clôture. Pourtant, les Monstres se montraient étonnamment intelligents. Plus proches de l'animal que de l'être humain, ils étaient en réalité des vampires devenus sauvages parce qu'on les avait empêchés de se nourrir. Cela avait eu lieu sous le régime précédent, bien sûr.

Dans tous les cas, je n'avais pas le cœur à les tuer. Ce n'était pas leur faute s'ils étaient devenus fous à cause de leur soif surnaturelle de sang ! Peu importaient les pressions que me faisaient subir Sinclair et Tina pour que je les abatte. Alice s'occupait d'eux. Elle les lavait, les nourrissait et les empêchait de se nourrir des enfants du quartier.

— Encore George, confirma-t-elle. On peut dire que c'est un électron libre !

Plutôt un vampire timbré qui avait oublié comment marcher droit, si vous voulez mon avis… mais je ne comptais pas la contredire.

— Je n'arrive pas à croire que tu leur aies donné des noms. Sinclair a failli péter les plombs. Rappelle-les-moi ?

— Creepy, Trippy, Skippy, Sandy, Benny, Clara, Jane et George.

J'éclatai de rire.

— Ah oui, c'est vrai ! Beau travail !

J'essayai de me reprendre. Les pauvres ! Je n'avais pas le droit de rire à leurs dépens.

— Donc, tu as réussi à rattraper George, c'est ça ?

— Oui. Il ne m'a pas échappé longtemps cette fois. Si vous le cherchez, il est juste derrière vous, Majesté.

Je fis volte-face. Les vampires étaient les seules personnes à pouvoir me surprendre. Je détestais ça. Et puis, les Monstres étaient… monstrueux, quoi ! George ressemblait aux autres : longs cheveux en bataille, ongles longs et sales (Alice faisait de son mieux, mais ne pouvait pas faire de miracle), l'air négligé et affamé, vêtu de guenilles.

Heureusement, grâce à Alice, ils ne paraissaient pas aussi sauvages que d'habitude. Ils se comportaient comme une meute de chiens. Elle essayait de leur réapprendre à marcher debout, mais ils finissaient toujours par retomber à quatre pattes et par s'échapper. Ils revenaient bien sûr à l'heure du repas, puisqu'on les nourrissait. Sauf George, qui avait l'âme d'un fugueur.

Pour le moment, il se contentait d'avancer vers moi en me reniflant. J'avais de la chance : les Monstres m'étaient entièrement dévoués. Ils avaient même dévoré Nostro pour moi. (J'essayais toujours de déléguer quand je le pouvais !)

— Arrête ! le grondai-je.

Je ne savais jamais comment leur parler. Les traiter comme des animaux de compagnie me semblait amoral, pourtant, ils n'étaient pas tout à fait humains non plus.

— Arrête de t'échapper. Sois sage et écoute Alice.

— Je ne leur parle pas vraiment, vous savez, m'interrompit-elle, mais j'apprécie votre intervention, Majesté.

— Et avec la maison, tout va bien ? (Je parlais de l'immense propriété de Nostro – je me répète ? – dont j'avais hérité après avoir botté son gros cul de buveur de sang, au printemps précédent. Hors de question pour moi d'y habiter, Alice me servait donc de concierge. Contrairement à certains employés d'une certaine boîte de nuit, Alice était toujours souriante et prête à m'aider.) N'hésite pas à me le dire, si tu as besoin de renfort.

— Aucun problème, ma Reine, mentit-elle.

S'occuper seule des Monstres en mon nom était sa fierté personnelle. Elle n'admettrait jamais qu'elle avait besoin d'aide. George s'échappait de temps en temps, mais sans elle, ce serait la débandade permanente.

Bien sûr, il avait boulotté deux types durant ses escapades… Mais le fait qu'ils étaient alors en train d'agresser des femmes esseulées me remontait un peu le moral.

— Je vous le dirais si ça n'allait pas, promis ! (Elle tourna la tête vers George qui se mordillait la main tout en observant la lune.) Tout le monde se porte à merveille !

Chapitre 5

Je n'arrivais pas à détacher mon regard du carton d'invitation : rose (beurk !) à paillettes, vingt centimètres de haut (où avait-elle trouvé une enveloppe de cette taille ?), en forme de landau.

Venez célébrer la bonne nouvelle avec nous !
Antonia va avoir un bébé !
(Liste de cadeaux disponible chez Marshall Field's,
612-892-3212, pas de vert, ni de violet, s'il vous plaît.)
Le 7 octobre à 16 heures.

— Sale garce ! commenta Jessica qui lisait par-dessus mon épaule. Elle l'a organisé en journée pour que tu ne puisses pas y assister.

— Ce n'est pas comme si j'avais envie d'y aller, fis-je remarquer.

Cela ne changeait rien au fait que le bébé ferait partie de ma famille. Le pauvre !

— Qu'est-ce que tu vas lui offrir ?

— Au Thon ? Pourquoi pas une rupture d'anévrisme ?

Jessica me dépassa pour ouvrir le réfrigérateur.

— Tu dois lui faire un cadeau. Du moins, au bébé.

— Une nouvelle mère ?

— Elle a fait une liste de toute façon.

— Oui, c'est très subtil de l'avoir écrit sur l'invitation… avec ses préférences de couleurs, en plus !

— Oui, oui… Et pourquoi pas un lit-parapluie ?

— Un quoi ?

— C'est un lit pliant que tu peux emporter partout.

— Pourquoi, demandai-je en lui indiquant de me servir aussi un verre de lait, transporter un lit ?

— Au moins, si le bébé vient passer la nuit ici, il aura un endroit où dormir.

— Tu penses qu'il va vite essayer de se faire la malle, toi aussi ? Bien sûr, quelle question ! Le pauvre essaiera probablement de s'échapper dès la maternité.

— Tu peux rester sérieuse deux secondes ?

— Impossible. Si je prends cette histoire au sérieux, ma tête risque d'exploser. Les complications ne cessent de s'accumuler ces derniers temps. Je n'avais vraiment pas besoin de savoir que mon père avait toujours une vie sexuelle avec le Thon à son âge.

— J'admets que ça doit être dur à encaisser. Mourir, c'est déjà pas facile…

— Ne m'en parle pas ! (Je pris une rasade de lait. Mourir, être le consort de Sinclair, vivre dans un mausolée de la taille d'un musée, tenter de gérer le *Scratch*, ma seule rentrée d'argent, garder les Monstres en laisse – littéralement –, rester en bons termes avec mon père et le Thon, et pour finir…) Au fait, Andrea et Daniel vont se marier.

— Et tu présideras la cérémonie.

— Comment tu le sais ?

— Sinclair me l'a dit.

— Je t'interdis de parler avec ce type.

— Je te rappelle que je suis la propriétaire de son logement. Il me faisait simplement la conversation tout en signant son chèque pour le loyer.

Je laissai échapper un ricanement moqueur. Jessica était riche. Pas simplement dans le sens où les Américains sont aisés par rapport au reste du monde. Riche de chez riche. Bill Gates lui avait même demandé un prêt pour monter une nouvelle start-up. Elle l'avait poliment éconduit par e-mail en disant que c'était sa manière à elle de satisfaire l'équilibre de l'univers.

— C'est ridicule, tu sais ? C'est ridicule que nous vivions ici. Ridicule qu'il vive avec nous et que tu lui fasses payer un loyer. Et c'est encore plus risible qu'il le paie. Vous êtes riches à ne plus savoir quoi faire de votre argent, vous vous contentez de l'échanger.

— Comme des cartes de base-ball ! confirma-t-elle.

— Ce n'est pas drôle, Jessica.

— Un petit peu quand même. Et puis, qu'est-ce que j'étais censée faire ? Depuis que Nostro avait incendié sa maison, Sinclair vivait à l'hôtel ! Et puis, ce n'est pas comme si nous manquions d'espace !

Faute de repartie cinglante, je pris une gorgée de lait et m'affalai sur l'un des nombreux tabourets de la pièce. Celle-ci avait la taille et la forme d'une cuisine industrielle. La seule différence était la présence d'une longue table et de chaises. Il y avait également un bar qui s'étendait sur le quart de sa surface. À mes yeux, il s'agissait de l'endroit le plus accueillant de la maison. C'est pour ça que j'y passais le plus clair de mon temps. Je n'arrivais tout simplement pas à être à l'aise dans les salons ou la bibliothèque.

Il faut dire que dans la bibliothèque se trouvait le *Livre des Morts*… sans parler des *Vogue* de l'année précédente que personne n'avait jugé bon de jeter.

— Il y a quelqu'un à la porte, fis-je remarquer en m'essuyant le visage.

— Mais oui, c'est ça !

— Jessica, je te dis qu'il y a quelqu'un.

— Je ne te crois pas. Tu sais, tu es comme ces roquets… chaque fois que tu entends une voiture passer, tu paniques et tu es persuadée que quelqu'un va remonter l'allée et sonner à…

« Diiiiiiing
– DOOOOOOOONNNNNGGGGG. »

— Je te déteste, soupira-t-elle avant de se lever.

Je jetai un coup d'œil à ma montre. Presque 6 heures du matin… il ne s'agissait sûrement pas d'un vampire. Ils évitaient de se promener dehors à l'approche de l'aube. Après tout, ils étaient aussi flammables que de l'essence. Ou disait-on « inflammables » ? Je confondais toujours. Mon 6 de moyenne en chimie n'était pas un hasard !

Sinclair déboula dans la pièce en remontant sa montre.

— Il faut vraiment que tu t'en achètes une à pile, fis-je remarquer.

— C'est un cadeau de mon père. Et en parlant de père…

— Je ne veux rien savoir. (Je me mis la main devant les yeux au lieu de couvrir mes oreilles.) Ne me dis rien !

— Devinez un peu qui a décidé de passer nous voir ! s'exclama Jessica en pénétrant dans la cuisine.

C'était rapide… Elle avait tapé un sprint ou quoi ?

Quand je baissai la main, j'aperçus un grand monsieur, plus tout jeune mais encore séduisant, qui la suivait difficilement. Ses cheveux bruns étaient sévèrement parsemés de gris et il portait un pantalon de golf retenu par une ceinture en croco avec une chemise rose Lacoste.

— Papa, le saluai-je avec le peu d'enthousiasme que je ressentais.

Il s'était manifestement arrêté sur le chemin du green. J'aurais dû trouver ça touchant… mais je n'y arrivais pas.

— Betsy, euh…

Il fit un bref signe de tête à Sinclair avant de détourner le regard. La réaction typique des hommes face au vampire. Celle des femmes également… sauf qu'elles ne pouvaient s'empêcher de se retourner aussitôt sur lui.

— Tu as l'air en forme, fis-je remarquer. Tu as fait quelque chose ?

Ses pattes d'oie avaient pratiquement disparu. Il hocha la tête. À dire vrai, cela faisait des années que je ne l'avais pas vu aussi beau. Dieu merci, ma mort ne le minait pas trop…

— Oui, ta belle-mère m'a envoyé chez le docteur Ferrin. Il s'occupe du maire, tu sais ? ajouta-t-il pour faire bonne mesure.

Comme si une telle chose allait impressionner Jessica ou Sinclair ! Ils n'en avaient vraiment pas besoin. Je tentai de communiquer discrètement avec Sinclair, mais il ne comprit visiblement pas le message, au contraire. Il s'installa à la table et se mit à son aise. *Et merde !*

— Je vois que tu as reçu le faire-part, dit mon père en observant les lettres étalées sur le bar.

J'étais persuadée qu'en mourant je serais débarrassée de la pub et autres nuisances postales.

J'avais tort… comme sur beaucoup de choses concernant la mort.

— L'invitation, le contredit Jessica en s'asseyant à son tour. Ce n'est pas un faire-part, mais une invitation.

— Oui… mais tu ne peux pas venir… c'est… tu sais…

— Je me ferai une joie de venir à sa place, proposa Sinclair avec la chaleur d'un cobra en rut. Je crois même que c'est la meilleure solution. Après tout… (Son sourire diabolique me donna envie de rire.) Je fais pratiquement partie de la famille !

J'eus presque pitié pour mon père. Pendant un instant, je crus qu'il allait s'évanouir en plein sur ma pile de courrier. Grâce à son grand âge, Sinclair était capable de se lever la journée du moment qu'il restait, bien sûr, à l'intérieur. Il pourrait emprunter une couverture pour aller de la porte au taxi et vice-versa.

Tout à coup, une image de Sinclair vêtu d'un costume sobre, assis sur le canapé trop rembourré du Thon, avec un cadeau à ruban rose sur les genoux, me vint à l'esprit… C'était plus que je ne pouvais supporter.

Même s'il me rendait dingue, je devais admettre que la façon dont il me défendait devant mon père était adorable. Un beau-fils tout droit sorti de l'enfer.

— Tu vas bien, papa ? lui demandai-je en m'efforçant de rester sérieuse.

Jessica, elle, avait abandonné la bataille.

— Je… je… je…

— Tu pourrais porter ton costume noir Gucci, proposa Jessica. Je suis allée le chercher au pressing hier.

— C'est vraiment très gentil de ta part, ma chère, mais je t'ai déjà dit de ne pas t'occuper de basses tâches comme celles-ci.

— Je… Je… Je…

— J'allais récupérer mes propres affaires, de toute façon, répondit-elle en haussant les épaules. Ça ne m'a pas dérangée.

— Je… Je… Je…

— Tu es trop bonne, Jessica.

— Je… Je… Je…

— Ne t'en fais pas, papa, intervins-je en posant une main sur son bras. Je l'empêcherai d'y aller si tu ne veux pas qu'il vienne.

— Mais j'adore les fêtes prénatales ! protesta Sinclair. (Il eut le toupet de paraître blessé.) C'est si rafraîchissant !

— Je voulais seulement… (Mon père prit une grande inspiration pour se remettre de ses émotions. Je retirai ma main.) Je voulais seulement m'assurer que tu avais reçu… le faire-part. Et je voulais aussi te rappeler que… ta belle-mère est fragile… qu'elle subit beaucoup de stress, tu sais… le bébé… le carnaval de printemps… elle en est la présidente… et je ne crois pas… je ne crois pas…

— Du stress ? releva Jessica d'un air moqueur. Oui, ça doit être ça. Qu'en dit le nouveau psy ?

— Le docteur Brennan nous a été chaudement recommandé, rétorqua mon père.

Il ajouta, parce qu'il ne pouvait pas s'en empêcher :

— Il est très sollicité et hors de prix, pourtant il a fait de la place pour Anthonia dans son agenda. Il pense qu'elle devrait éviter toute forme de stress ou d'inconfort.

— Dans ce cas-là, elle devrait éviter toute rencontre avec un miroir, suggéra Jessica.

Je dus me mordre la lèvre pour ne pas rire. Je devais admettre que cette réunion d'avant l'aube était plus distrayante que tout ce qui s'était passé ce dernier mois. Finalement, le retour de Sinclair n'était pas une si mauvaise chose.

Hein ? Mais qu'est-ce qui me prenait, de penser une chose pareille ?

Sans un mot, mon père tourna le dos à Jessica. Après tout, elle était noire : il ne pouvait pas lui parler sérieusement. Malheureusement pour lui, il s'agissait également de la femme la plus riche de l'État. Il ne pouvait pas se permettre de la mépriser trop ouvertement. C'était un équilibre risqué qu'il avait du mal à gérer.

— Tu comprends ce que je veux dire, pas vrai, Betsy ? me supplia-t-il.

— Oui, oui : « Envoie ton cadeau par la poste et ne montre pas le bout de ton nez. »

Sinclair se leva brusquement, mais ce geste passa inaperçu aux yeux de mon père. En dehors du cadre de son entreprise, il avait un maigre instinct de survie. Jessica attrapa Sinclair par le bras le plus fort possible pour le retenir, en vain.

— Ce n'est pas grave, leur assurai-je en faisant signe à Sinclair de se rasseoir (Sans succès. Cet entêté refusait de bouger.) Je ne voulais pas y aller, de toute façon.

Mes paroles semblèrent satisfaire mon père car il me sourit.

— Oui, c'est bien ce que je pensais !

— Bien sûr, répondis-je sur un ton glacial qui, à mon grand plaisir, le fit reculer d'un pas. Merci beaucoup d'être passé. Embrasse Machine de ma part.

— Betsy, tu n'as jamais fait l'effort d'essayer de comprendre Anthonia…

— Oh ! je la comprends très bien, ne t'en fais pas.

— Non ! Je ne crois pas que quelqu'un comme toi puisse comprendre…

— M. Taylor ! (Nous sursautâmes à l'unisson. Même la vaisselle s'était entrechoquée. Mon père avait failli s'évanouir de nouveau.) Je vous demande de retirer ces paroles sur-le-champ si vous ne voulez pas que… qu'est-ce que tu fabriques ?

Jessica avait sauté sur le dos de Sinclair pour l'empêcher de continuer sa leçon de morale (ou de réduire mon père en miettes). Agrippée à lui, elle ressemblait à un scarabée noir tout en bras et en jambes. Il secoua la tête, et cela suffit presque à la déloger.

— Jessica, je ne plaisante pas. Lâche-moi.

— Promets-moi d'abord de ne pas finir ta phrase, lui murmura-t-elle à l'oreille. Crois-moi, ça n'arrangera pas les choses, bien au contraire. Betsy peut se débrouiller toute seule.

N'importe qui d'autre leur aurait fait remarquer qu'ils n'étaient pas seuls, mais mon père, passé maître dans l'art de ne pas prêter attention à ce qui l'embarrassait, demeura silencieux. Il épousseta sa chemise avant d'examiner ses Kenneth Cole fraîchement cirées, tandis que ma meilleure amie escaladait mon consort comme un bébé chimpanzé.

— Hors de question ! C'est de ma reine qu'il s'agit, et je ne le laisserai pas la traiter comme…

— Bon, reprit mon père. (D'habitude, j'étais la seule à pouvoir couper la parole à Sinclair.) Je dirai à Anthonia que tu lui passes le bonjour.

— Pourquoi ? lui demandai-je, curieuse.

Comprenez-moi bien : mon père n'avait jamais été très courageux. S'il se désintéressait des humeurs du roi des vampires et d'une milliardaire en colère, c'était uniquement parce qu'il considérait qu'il valait bien mieux que ça. Il avait la faculté d'écarter de ses pensées tout ce qui était déplaisant… ou même intéressant. Je m'étais habituée à sa façon d'agir dès l'âge de treize ans, lorsque j'avais compris qu'il avait largué ma mère et que le Thon allait devenir ma belle-mère. Comme je n'avais qu'un seul père, je prenais sur moi. Mais je me devais de lui rendre justice : il faisait beaucoup de concessions, lui aussi.

— Cette fois, tout ira bien, poursuivit-il d'un air presque enthousiaste. La première fois, elle était toute seule. Maintenant, je suis là pour l'aider. Je lui apporterai le soutien dont elle a besoin. J'aimerais simplement que tu comprennes ce qu'elle a vécu, à quel point ça a été difficile…

Il s'arrêta net en voyant mon visage perplexe. Il venait de faire une bourde de proportion phénoménale et il le savait.

— Elle a déjà été enceinte ? demandai-je d'une voix fantomatique.

Jessica hoqueta de surprise.

— Pas possible !

— Non, non, ce n'est pas ce que je voulais dire… enfin, je n'étais pas… elle n'était pas… On…

— Y a-t-il eu un bébé ? s'enquit calmement Sinclair.

Malgré son entraînement, mon père ne put s'empêcher de se retourner vers lui, comme une vulgaire marionnette dont les fils auraient été actionnés.

— Oui.

— Et…, poursuivit Sinclair en se rapprochant. (Jessica était toujours sur son dos, observant mon père, bouche bée, par-dessus son épaule.) Étiez-vous le père ?

— Oui.

Il avait l'air drogué. Comme tous ceux qui se tenaient trop près de Sinclair. Je n'avais pas encore croisé de vampire plus doué que lui à ce petit jeu. Il pouvait contrôler n'importe qui, alors que mon pouvoir ne marchait que sur les hommes.

— Qu'est-il arrivé à l'enfant ?

— Anthonia ne me l'a jamais dit… Nous n'étions plus ensemble. Elle l'a fait adopter… elle n'a pas… elle…

— Tu ferais mieux d'arrêter, intervins-je. Il est sur le point de péter un câble.

— Tu as raison. Ce serait regrettable.

Je jetai un regard noir à Sinclair avant d'attraper mon père par les épaules.

— Papa, papa ! Écoute-moi. Tu es venu à la maison pour t'assurer que je ne viendrais pas à la petite fête d'Anthonia.

— Oui, c'est réglé, répondit-il en me regardant dans les yeux. Anthonia me l'avait demandé.

Je serrai les dents. *Quelle salope !*

— Comme je ne voulais pas y aller, tout s'est bien passé.

— Oui, tu as refusé l'invitation. C'était pour le mieux.

— J'avais une mine affreuse.

— Bien sûr. La mort ne te va pas du tout ! Anthonia me l'avait bien dit.

— Maintenant, tu vas aller jouer au golf, ajoutai-je d'une voix pleine de venin, et tu vas laisser les autres gagner.

— Aïe, commenta Jessica tandis que mon père partait.

— Je n'arrive pas à le croire ! m'exclamai-je en me massant les tempes. Comme si je n'avais pas déjà assez de soucis ! Je n'arrive pas à croire qu'il ait fait une gaffe pareille !

— Tu as cet effet sur les hommes, me rappela Sinclair. Ils révèlent toujours plus que ce qu'ils avaient prévu.

Je haussai les épaules, même si, à l'intérieur, l'idée ne me déplaisait pas.

— Depuis combien de temps garde-t-il ce secret ? Pourquoi m'en a-t-il parlé en votre présence ? Jessica, descends de là, tu veux ? Je meurs de curiosité ! J'ai peut-être un frère ou une sœur qui court dans la nature !

— Ça ne va rien arranger à ton stress ! fit remarquer Jessica en lâchant Sinclair.

— Nous allons en apprendre davantage. Ton père ne sait pas tout. Nous devrions nous rendre directement à la source.

— Anthonia ! m'écriai-je en même temps que Jessica.

Chapitre 6

La décapotable de Sinclair était tellement bondée que c'en était ridicule. Il conduisait, j'occupais la place du mort (enfin un avantage de notre relation) et Marc, Jessica et Tina étaient entassés à l'arrière.

Tina s'était jointe à nous car… eh bien, elle était toujours fourrée avec Sinclair, quand il s'agissait d'affaires vampiriques. Ces deux-là se connaissaient depuis très longtemps. Pour tout vous dire, c'était même elle qui l'avait transformé. Depuis, elle était à la fois sa meilleure amie, sa secrétaire, son « homme » de main et sa confidente. Personnellement, cela m'allait très bien. Je n'avais pas l'intention de la remplacer.

Quant à Marc, en sa qualité de médecin, il pourrait se révéler utile si nous avions du mal à soutirer au Thon les informations dont nous avions besoin.

Jessica, elle, avait gagné sa place dans la voiture en usant de chantage. Sinclair avait énormément de défauts et j'étais la première à le dire (encore et encore) ; mais, au moins, il n'aimait pas mêler mes amis à nos problèmes. Je ne pouvais pas lui en vouloir… On ne savait jamais si l'affaire allait se terminer dans un bain de sang.

Jessica n'avait rien voulu entendre. Elle avait tapé du pied, et comme elle chaussait du 41, cela faisait son petit effet. Fin de la discussion. Les protestations de Sinclair avaient tourné court lorsqu'elle avait déclaré que ce serait dommage si quelque chose arrivait à ses costumes européens sur le chemin du pressing.

— De mon temps, avait-il répondu, quand on proposait de rendre service, c'était vraiment pour rendre service.

Mais il n'osa pas en dire plus. Sinclair s'habillait toujours impeccablement et tous ses vêtements étaient taillés sur mesure. Pas seulement parce qu'il était riche et qu'il voulait le meilleur. Ses épaules étaient trop larges et sa taille trop étroite pour s'accommoder de complets taillés pour Monsieur Tout-le-monde. Je n'imaginais même pas le prix de ses costumes, mais j'avais comme l'impression que, si Jessica avait menacé son Gucci, elle aurait probablement réussi à me piquer ma place à l'avant.

Bref, nous étions donc un peu tassés, mais je me surpris à apprécier la situation… jusqu'à ce que je me rappelle le but de notre sortie.

— Ce n'est qu'un mot ! insista Marc.

Oh ! Non ! Pas encore ! Jessica détestait le terme « Afro-Américain », mais elle ne raffolait pas non plus du mot en « n ».

— Il a perdu toute signification. On est plus au XIXe siècle ou même au XXe !

— Je pense que nous ferions mieux de changer de sujet, intervint Tina en se décalant pour ne pas se prendre le coude de Marc dans l'œil.

Elle était toute fine, mais ils étaient vraiment à l'étroit, derrière.

— Non, tout va bien, répondit Jessica.

— Bien sûr que tout va bien ! On est tous des adultes civilisés… enfin des adultes, quoi. Tina, tu es le vampire le plus politiquement correct que j'aie jamais rencontré.

— Je ne pense tout simplement pas qu'il s'agisse d'un sujet de conversation adéquat pour… pour nous.

Tina était née à l'époque où Lincoln avait émancipé les esclaves. Cela lui donnait une perspective bien différente de la nôtre. Elle n'aimait pas en parler.

— Non, non, non, poursuivit Jessica.

Je connaissais ce ton-là. Je me saisis de la poignée de la porte juste au cas où.

— Marc a raison : à notre époque, il y a des problèmes bien plus importants que celui-ci. Après tout, ce n'est qu'un mot. Il a perdu sa signification.

Sinclair l'observait dans le rétroviseur ; Tina tenta de s'écarter… Seul Marc, hermétique à l'atmosphère, n'eut aucune réaction.

— Essaie de m'appeler comme ça, finit-elle. Rien qu'une fois.

Silence de mort.

— Je ne veux pas dire qu'il faut appeler les gens comme ça dans la rue, marmonna-t-il. Je pense simplement que… enfin, je ne pense pas… que quelqu'un devrait t'appeler comme ça… ni toi ni…

— Vous voulez bien arrêter avant que j'en prenne un pour taper sur l'autre ? le coupai-je.

Jessica ricana, ce qui mit fin à la discussion. Du moins, jusqu'à la semaine suivante.

Une fois garés devant le palace de mon père (350 m^2 pour deux personnes !), nous nous extirpâmes de la voiture. Il était 21 heures et il faisait nuit noire. Mon père était parti en voyage d'affaires dans l'après-midi. Le Thon serait donc seule.

Ce renseignement m'avait été gracieusement fourni par ma mère qui m'encourageait dans mes projets vampiriques et m'aidait dès qu'elle en avait l'occasion. J'ai remarqué que c'est souvent comme ça : l'un des parents en fait trop et l'autre pas assez. J'avais mis ma mère sur un piédestal tellement haut qu'elle devait manquer d'oxygène.

Je frappai deux fois avant d'ouvrir la porte. Déverrouillée, bien sûr… Le quartier le permettait. Très peu de criminalité. Mon père ne fermait même pas sa BMW lorsqu'il la garait dans l'allée. D'après ce que j'en savais, on ne leur avait jamais rien volé.

En revanche, si mes économies venaient à s'épuiser, ça pourrait bien changer !

— Bonsoiiir ! appelai-je. Anthonia ? C'est moi, ta belle-fille préférée !

— Et par « préférée », ajouta Marc qui me suivait, elle veut dire « détestée ».

Manifestement, il avait déjà oublié l'humiliation qu'il avait subie dans la voiture... Pas très étonnant. Il était d'une nature résolument optimiste, si on faisait abstraction de sa tentative de suicide, bien sûr. Quoi qu'en y réfléchissant, ça n'avait été qu'une tentative, après tout.

— Tu ne l'as jamais rencontrée, fit remarquer Jessica tandis que tout le monde entrait dans le hall.

— Non, mais c'est une légende ! D'ailleurs, pour être franc, je suis un peu sceptique. Sera-t-elle à la hauteur de sa réputation ?

— J'avoue que je suis curieuse aussi, dit Tina.

— Elle sait que tu es une vampire, et pourtant, la porte d'entrée était ouverte, remarqua Sinclair d'un air dédaigneux. Elle est soit incroyablement arrogante, soit complètement stupide.

— Vous ne pouvez pas entrer ! s'exclama ma belle-mère en dévalant l'escalier comme une Scarlett O'Hara à perruque blonde et gros ventre. Je ne vous y ai pas invités !

— Désolée, ça ne marche qu'avec les Noirs, ça, répondit Jessica.

Tina écarquilla les yeux – de cette façon qui signifiait qu'elle s'efforçait de ne pas éclater de rire.

— J'ai bien peur que ce soit une croyance infondée, madame.

— C'est toujours un plaisir de te voir, Anthonia, la saluai-je d'un ton sec. Waouh ! Qu'est-ce que tu as grossi !

Elle me lança un regard de blonde contrariée. Ses cheveux avaient la couleur exacte (et probablement la texture, mais je n'avais pas l'intention de la toucher pour vérifier) d'un ananas en morceaux. Elle portait plus de fard à paupières bleu qu'une reine du disco des années 1970 et son rouge à lèvres était un ton plus rouge que son crayon. Vingt et une heures, seule, sans son mari… pourtant, elle était encore maquillée à outrance et portait une minijupe noire avec une chemise en soie, sans soutien-gorge. Incroyable.

— Tu vas sortir d'ici et emmener tes amis avec toi, tu m'entends ? (Même si elle était née et avait grandi dans un trou paumé du Minnesota, elle prononçait ses consonnes comme si elle avait fini ses études à Harvard.) Je ne comprends pas pourquoi ton père ne coupe pas les ponts avec toi une bonne fois pour toutes. Autant te le dire en face, je le lui ai demandé plusieurs fois. Autre chose : je ne veux pas que tu t'approches de notre enfant. Peu importe que tu sois sa grande sœur. Tu aurais dû avoir la décence de rester morte, comme tout le monde.

— Elle est vraiment à la hauteur de sa réputation ! s'exclama Marc, bouche bée.

— Je ne te le fais pas dire, acquiesçai-je. Je te présente Marc, mon colocataire gay. (Entre autres merveilleuses qualités, le Thon était homophobe.) Et voici Sinclair et Tina. (Pas la peine que je lui fasse un dessin, ce qu'ils étaient se voyait tout de suite.) On a quelques petites questions à te poser.

— Hors de question ! Je n'arrive pas à croire que tu aies le culot de venir ici comme une personne normale alors que tu es… tu es…

— Républicaine ?

La situation commençait à m'amuser.

— On n'a que quelques questions à vous poser et après, on vous laisse tranquille, poursuivit Jessica. (Elle mourait d'envie d'aborder le sujet, je le sentais.) C'est à propos du bébé que vous avez déjà eu.

Malheureusement, le Thon ne sembla pas du tout prise au dépourvu, ce qui signifiait que mon père lui avait parlé de sa gaffe. C'était agaçant et surprenant à la fois. Ma belle-mère le menait à la baguette, et il vivait dans la peur de voir ses lèvres siliconées se pincer sous le coup de la colère.

Au lieu de ça, elle prit une grande inspiration. Elle fronçait peut-être les sourcils, mais son front était tellement botoxé que je ne pouvais pas en être certaine.

— Occupez-vous de vos oignons et sortez de cette maison. Je n'arrive pas à croire que vous vous soyez déplacés jusqu'ici pour me parler de ça. C'est de l'histoire ancienne !

— « Jusqu'ici » ? Vous vivez à Edina, pas en Afrique noire ! fit remarquer Marc.

— Est-ce qu'on va rester debout dans l'entrée toute la nuit ? se plaignit Jessica.

— Je suis déjà surprise d'être arrivée jusque-là, lançai-je.

— Oh non ! Vous n'allez pas rester ici toute la nuit. En fait, vous allez partir tout de suite. (Elle extirpa de sa poche une croix qui semblait avoir été fabriquée avec des bâtons d'esquimaux.) Le pouvoir du Christ t'oblige ! Le pouvoir du Christ t'oblige !

J'éclatai de rire tandis que Tina et Sinclair faisaient un pas en arrière et détournaient le regard.

— Je vous l'avais bien dit, gloussa Jessica. Ces choses-là ne marchent que sur les Noirs.

— Pourquoi est-ce que toi, tu as le droit de faire ce genre de blagues ? geignit Marc.

— Réfléchis cinq minutes, répondit-elle patiemment.

— Sortez de ma maison, sales cadavres répugnants !

— Elle disait exactement la même chose aux boy-scouts qui venaient vendre des couronnes de Noël au porte-à-porte, expliquai-je aux autres avant de m'approcher d'elle pour lui arracher la croix des mains. Où est-ce que tu as fabriqué ça ? Dans un atelier pour retraités désœuvrés ? Tu n'as même pas pris la peine d'en acheter une dans une bijouterie ? Je suis étonnée que tu n'aies pas saigné mon père à blanc pour qu'il t'offre un modèle incrusté de diamants !

— Sors de chez moi, rétorqua-t-elle. Tu n'es pas censée pouvoir faire ça.

— Ne m'en parle pas ! Écoute, on va te poser des questions sur l'autre bébé que tu as eu avec mon père. On ne partira pas avant que tu nous aies tout raconté.

— Je ne dirai rien à de sales cadavres comme vous ! Partez ! J'ai besoin de dormir.

— Croyez-moi, intervint Sinclair alors que j'avais caché la croix de fortune dans mon sac, dormir sera le cadet de vos soucis dans quelques instants, madame Taylor.

Chapitre 7

Je redescendis dans le salon après m'être amusée à jeter les parfums du Thon dans le sèche-linge. Anthonia était assise au bout du canapé, penchée vers Sinclair, l'air ensorcelé. Elle avait les mains à plat sur les genoux et grattait le cuir de sa jupe de façon compulsive, mais elle ne détournait jamais les yeux.

La situation me plaisait de moins en moins. Pourquoi en étions-nous arrivés là ? Je ne savais plus quoi penser. Après tout, nous étions en train de fouiller le cerveau inapte du Thon. Et pourquoi Sinclair paraissait-il si intéressé ? N'avait-il pas d'autres problèmes à résoudre, des problèmes de roi ? Un costume à essayer ? Un cours sur « comment être un chieur » à suivre ou à enseigner ? Pourtant, il était assis sur le repose-pied en jean, les yeux dans ceux de ma belle-mère, et lui faisait tout avouer. Absolument tout.

— … Alors j'ai voulu qu'il me demande en mariage, mais il a refusé. Il avait peur que Betsy lui en veuille s'il quittait sa mère. Donc, nous nous sommes séparés.

— Et le bébé ? demanda Sinclair.

— Le bébé… le bébé…

— Elle est en train de paniquer, marmonna Marc. Regardez-la !

Je m'exécutai. Ses ongles griffaient sa minijupe en cuir avec un « gratte-gratte » frénétique. Le coin de sa bouche s'affaissait comme si elle avait eu une crise cardiaque.

Et je pouvais sentir sa nervosité : une odeur de colle brûlée.

— Je ne me souviens pas…

— Bien sûr que si, Anthonia, lui assura Sinclair. Vous n'y avez simplement pas pensé depuis des années. Intentionnellement. Est-ce que le bébé a survécu ?

Ses lèvres bougèrent, comme si elle essayait de lui répondre, mais aucun son ne sortit de sa bouche. Alors, elle s'empara des mains de Sinclair et déversa le reste de son histoire sordide. Comme du vomi.

— Ce n'était pas moi ! Ce n'était pas moi ! Je suis tombée enceinte pour qu'il m'épouse, mais ça n'a pas marché ! Et puis le bébé est né, mais ce n'était pas moi !

Elle ne se contentait pas de crier, elle hurlait, complètement hystérique. Ses ongles s'enfonçaient dans la chair de Sinclair, tandis qu'elle se raccrochait à lui par instinct.

— C'était censé marcher, mais non ! Je ne sais pas ce qui s'est passé, alors je l'ai laissée… je suis allée à l'hôpital et je l'ai posée dans l'entrée… il n'y avait personne, mais je savais que quelqu'un la trouverait… je l'ai mise par terre et je n'ai jamais… jamais…

— Mon Dieu ! m'exclamai-je, surprise.

— La dernière fois que j'ai vu le Thon aussi bouleversée, c'est quand tu es rentrée un jour plus tôt de colonie de vacances, me murmura Jessica.

— Tout va bien, Anthonia, la rassura Sinclair. Ce n'était pas vous. Qui était-ce ?

— Je ne sais pas. Je ne sais pas. (Elle baissa la tête et sanglota bruyamment.) J'étais enceinte, puis je ne l'étais plus, et le bébé… le bébé…

— Anthonia, quand vous êtes-vous aperçue que vous étiez enceinte ?

— Halloween. 1985.

— Et le jour d'après ? Le jour où vous vous êtes réveillée et le bébé était déjà là ?

— Le 6 août 1986. Elle… Ce n'était pas un nouveau-né. Je ne sais pas quel âge elle avait, mais ce n'était pas un nouveau-né.

Silence de mort. Marc se pencha vers Sinclair pour lui murmurer une question.

— Anthonia, nous avons presque terminé…

— Bien, rétorqua-t-elle, les yeux rivés au sol. Je ne vous dirai rien de plus.

— C'est ça, Anthonia, regardez-moi bien dans les yeux. Voilà qui est mieux. Anthonia, y a-t-il déjà eu des cas de maladies mentales dans votre famille ?

— Nous ne parlons pas de ces choses-là !

— Non, non, évidemment ! Il faut être rustre pour en parler.

Elle hocha la tête si fort que ses cheveux suivirent le mouvement.

— Tout à fait. Les rustres… les geignards… et… et…

— Mais qui a été malade ? Dans votre famille ?

— Ma grand-mère. Et mes deux tantes. Mais pas ma mère ! Pas la mienne !

— Non, bien sûr que non. Et vous, vous êtes différente.

— C'est la faute de mes nerfs, expliqua-t-elle. J'ai des nerfs très délicats. Elle ne comprend pas.

— Non, elle n'est pas très compréhensive, pas vrai ?

— Hé ! protestai-je.

— N'importe qui d'autre serait resté mort, poursuivit le Thon d'un air offensé. Elle n'a même pas eu l'élégance de faire ça. Non, elle voulait se faire remarquer, alors elle est devenue vampire. Vampire ! Elle a brisé le cœur de son père !

— L'élégance ? rétorquai-je. Alors comme ça, être un mort-vivant, c'est vulgaire ? Ce n'est pas comme si j'avais eu le choix, tu sais ? Sale idiote sans cervelle, superficielle, botoxée, lâche…

— Et en plus, elle vit avec cette Nègre fortunée, reprit-elle. Et elle n'est même pas mariée. Vous voyez ce que je veux dire ?

Je me frappai le front. « Nègre » ? Qui utilisait ce mot-là de nos jours ?

— Je ne savais pas que j'étais lesbienne, commenta Jessica.

Seigneur, laissez-moi reposer en paix, par pitié !

— Anthonia, où avez-vous abandonné le bébé ?

— Il n'y a pas eu de bébé.

— Non, bien sûr que non. Ce n'est plus votre problème. Mais où l'avez-vous laissé ?

— Elle n'a pas pleuré quand je suis partie, répondit le Thon sans trembler. Elle avait bien chaud. Je l'avais entourée de serviettes. J'en avais plein, je pouvais les lui laisser. Je les avais placées dans le sèche-linge avant.

— Bien sûr. Vous n'êtes pas un monstre.

— Non, c'est elle, le monstre !

— Oui, elle est démoniaque. Où est le bébé ?

— À l'hôpital pour enfants.

— Saint Paul, murmura Marc.

— Très bien, Anthonia. Vous nous avez été d'un grand secours.

— Je donne toujours de l'argent pour les enfants malades, vous savez ?

— Formidable ! Vous ne vous souviendrez de rien.

— Non, je n'en ai pas l'intention.

— Vous allez vous rendre à l'étage et vous préparer pour la nuit. Vous dormirez comme un bébé.

— Oui, comme un bébé.

— Comme le bébé que vous avez lâchement abandonné, finit-il en retirant brusquement les mains.

— Une femme bien triste, commenta Sinclair, une fois à l'extérieur.

— Très triste, acquiesça Tina. (Elle me regarda du coin de l'œil, ce qui était aussi bizarre que ce que ça en avait l'air.) Un cas très difficile.

— J'ai certains privilèges à Saint Paul, annonça Marc. (Il était passé en mode Sherlock Holmes Junior. Génial !) Je suis sûr qu'on peut retrouver la trace de ce bébé. Je peux aussi mettre la main sur le dossier médical du Thon. Du moins, essayer. Je peux essayer.

— Pourquoi est-ce que tu veux voir son dossier à elle ? demandai-je.

Comme nous n'avions pas encore l'intention de monter en voiture, nous avions investi la pelouse devant la maison.

— Parce que personne n'oublie dix mois de sa vie sans raison grave. Tu l'as entendue ! Elle était enceinte et elle s'est réveillée d'un coup avec un bébé qui pleurait dans ses bras. La question est donc : que s'est-il passé pendant ces dix mois ?

— J'en ai une petite idée, répondit lentement Tina.

— Tina, intervint Sinclair.

— Éric.

Étrange, elle ne l'appelait pratiquement jamais par son prénom.

— Tina ? m'enquis-je, surprise.

La dernière fois que je l'avais vue aussi nerveuse, c'était quand Nostro nous avait jetées au fond d'une fosse avec les Monstres. Elle était plus jeune, à l'époque. Enfin, façon de parler.

— Tu vas bien ? Tu as mangé ce soir ?

Elle se tortillait les doigts à la manière d'une enfant qui chante nerveusement *Frère Jacques* devant ses parents. Alors, les mots s'envolèrent de sa bouche, comme si elle ne pouvait pas les arrêter.

— Ma reine, je vous ai toujours appréciée. Mais aujourd'hui, je vous admire pour ne pas être devenue folle en étant élevée par cette femme.

— Ooooh ! répondis-je en réprimant un sourire moqueur. Ça me touche beaucoup, Tina !

— Je suis d'accord, ajouta Sinclair. C'est un miracle que tu ne sois pas plus superficielle et ignorante que ça !

— Merci. (Une pause.) Quoi ?!

CHAPITRE 8

— Waouh ! s'exclama Jessica en secouant la tête. Je l'ai entendu avec mes propres oreilles, pourtant, j'ai encore du mal à y croire. C'est cruel, même pour elle.

— Fort désagréable, en effet, ajouta Sinclair.

— Eh bien…, hésita Marc.

Il plongea un biscuit dans son thé et l'y laissa jusqu'à ce que la moitié se décompose avec un petit bruit poisseux. Beurk ! Je ne comprendrais jamais pourquoi il buvait les biscuits au lieu de les manger.

— Je ne suis pas un grand fan du père de Betsy ou de sa belle-mère, mais s'il y a des antécédents dans la famille d'Anthonia, amnésies ou autres, imaginez un peu ce qu'elle a pu ressentir. Elle venait d'apprendre qu'elle était enceinte. Quand elle s'est réveillée, elle avait perdu une année de sa vie. (Il secoua la tête.) Elle a dû être morte de peur.

— N'importe qui l'aurait été, acquiesçai-je, mais elle avait en plus l'histoire de sa famille sur les épaules. (Je me rendis compte que tout le monde me dévisageait.) Quoi ? Je peux me mettre à sa place ! Même s'il est hors de question que j'enfile ses horribles chaussures en plastique. Je ne l'aime pas, c'est vrai, et je ne crois pas qu'abandonner ma petite sœur dans un hall d'hôpital ait été la meilleure solution, mais je la plains quand même.

— Mouais, rétorqua Jessica.

Elle avait refusé de boire ou de manger. Elle était simplement assise, ses bras osseux croisés sur la poitrine.

— Tina ? Tout à l'heure, tu as dit savoir ce qui était arrivé au Thon pendant les neuf mois où elle était en dérangement…

Tina ne répondit pas. Au bout d'un moment, le silence devint gênant.

— Euh, Tina ? Allô ?

Sinclair soupira.

— Oh oh…, marmonna Marc dans son thé.

— Elizabeth, commença-t-il. Je dois t'avouer quelque chose.

Je posai lentement ma tasse sur la table. J'avais un mauvais pressentiment. Quand il prenait ce ton-là, ce n'était jamais pour m'annoncer qu'il m'avait acheté des dizaines de fleurs jaunes, mais qu'il avait oublié que je n'aimais pas cette couleur. Non, c'était toujours : « Au fait, tu es la reine » ou « Devine quoi ? J'emménage chez toi ! »

— Accouche !

J'aurais bien voulu prendre une grande inspiration, mais ça m'aurait fait tourner la tête.

— C'est… d'ordre privé.

— OK, dit Marc en se levant et en entraînant Jessica. On s'en va.

— OK, accepta Jessica. Si vous nous cherchez, on sera dans… une pièce, en train de… dépoussiérer quelque chose.

Tandis qu'ils s'éloignaient, j'entendis un « De toute façon, elle nous le répétera. »

— Je ne crois pas, lança Tina.

— Je t'ai accompagnée chez ta belle-mère avec une arrière-pensée.

— Non ? Toi ? Une arrière-pensée ? Pas possible !

— Ta sœur est mentionnée dans le *Livre des Morts*.

— Comment est-ce que tu le sais ? Je pensais que si on le lisait trop longtemps, on devenait fou…

— Je le lis petit à petit depuis des dizaines d'années.

Je pris le temps de digérer l'info.

— OK… Donc, le *Livre* savait que j'avais une sœur quelque part dans la nature. (Alors, ce qu'il essayait de me faire comprendre me frappa au visage.) Tu savais que j'avais une sœur !

— Oui.

— Tu savais que j'avais une sœur ! (J'avais l'impression que si je le répétais à voix haute suffisamment de fois, la douleur disparaîtrait.) Tu savais que j'avais une sœur !

— Oui. Jusqu'à aujourd'hui, je pensais que l'enfant mentionné dans le *Livre* était celui que porte ta belle-mère.

Puis, il ajouta calmement :

— J'essayais de trouver un moyen de t'en parler.

— Éric ! s'écria Jessica depuis le couloir. Tu ne peux pas essayer de te montrer un peu plus coopératif ! fit-elle en enfonçant la porte, suivie de près par Marc. C'est quoi, ton problème ? Je ne t'ai pas aidé à emménager ici pour que tu t'amuses à la rendre dingue, voire folle de rage !

— Je crois que tu n'as pas tort, intervins-je, du bout des lèvres. Je me sens légèrement hors de moi.

— Vous aviez tant de problèmes à régler, expliqua rapidement Tina qui avait l'habitude de sauver la mise pour Sinclair. Votre statut de reine, les meurtres de l'été dernier, la… situation à la maison, les vampires qui ne vous respectent pas, tout ça. C'est la raison pour laquelle il a dû aller en Eu… Peu importe. Il pensait, nous pensions tous les deux que vous aviez assez de préoccupations comme ça et que ce n'était pas la peine de vous inquiéter davantage en vous apprenant que votre sœur était la fille du diable et qu'elle voulait dominer le monde.

La tasse de thé que je tenais entre les mains éclata en morceaux. Jessica tressaillit tandis que Marc se contentait de nous observer, bouche bée.

— Quoi ?

Tina se mordit les lèvres.

— Oups !

— Je te remercie pour ton aide précieuse, rétorqua Sinclair.

Tout à coup, Jessica repoussa les biscuits et les crackers hors du plateau, et fit le tour de la table pour assener un coup sur la tête de Sinclair avec. « Bong ! » L'argent se déforma. Sinclair n'eut aucune réaction. Son regard sombre restait rivé sur moi.

— Plus bas, la pressai-je.

— Tu es expulsé, mon pote ! menaça-t-elle.

Chapitre 9

Comme le soleil était sur le point de se lever, je décidai d'enfiler un short et un tee-shirt. J'avais envie de parler des événements de la soirée avec Jessica, mais elle avait disparu après avoir frappé Sinclair. J'avais peut-être encore le temps de la retrouver…

Pour me remonter le moral, je décidai de chausser mes dernières trouvailles : une paire de mocassins noirs et blancs à 180 dollars – une affaire. Je serais la morte la mieux habillée de la maison. Comme ça, quand je me lèverais le lendemain soir, je serais prête à l'action. De quel genre ? Je n'en avais pas la moindre idée. Je m'en préoccuperais en temps voulu.

En attendant, j'allais porter des socquettes noires, une jupe noire et blanche, mon pull à col roulé en cachemire (un cadeau de Jessica, pratiquement indestructible entre les mains d'un bon teinturier) et un blazer en laine noir. Un coup d'œil au miroir : adorable ! Je me sentais beaucoup mieux.

Au risque de paraître superficielle, j'affirme qu'il est beaucoup plus facile de voir les choses du bon côté lorsqu'on est soigneusement pomponnée. Pour le dire autrement : même si ma vie était à chier, une fois coiffée, maquillée, avec des sous-vêtements coordonnés, j'étais prête à faire face à n'importe quoi.

Je sortis de ma chambre, descendis l'escalier, traversai au moins six couloirs pour enfin atteindre la cuisine où Marc mangeait des céréales. Je pouvais entendre Jessica s'affairer de l'autre côté de la pièce.

— C'est moche, fit-il remarquer sans lever le nez de ses céréales.

Je battis aussitôt en retraite, non sans entendre la voix de Jessica :

— Qu'est-ce qui s'est passé ? Où est-elle partie ? Je la cherchais !

— Elle est bien trop grande pour le look de collégienne.

— Je la trouvais plutôt mignonne.

— Elle avait l'air d'un zèbre blond ! Écoute, je suis son ami. C'est mon boulot de lui dire ce genre de choses.

— Ton boulot, c'est de payer le loyer ! C'est à moi de lui dire ce genre de choses. Tu n'es qu'une garce sans tact.

— Qui est-ce qui aligne les clichés, maintenant ? Je suis gay, donc je suis une garce ?

— Non. Tu es gay et tu es aussi une garce. La semaine a été difficile pour elle et on est seulement mardi !

— Exactement, donc la dernière chose dont elle a besoin, c'est une faute de goût…

Marc laissa sa phrase en suspens, ou alors je m'éloignai suffisamment pour ne pas entendre la fin.

Je claquai la porte de ma chambre.

Bande de timbrés ! Bon, on change pour un legging, on garde le col roulé et le blazer, et on enfile des sandales. Non, il faisait -1 °C dehors. Je ne comptais pas sortir, mais on n'est pas entièrement habillé tant qu'on n'a pas quelque chose sous les doigts de pieds. Des ballerines feraient l'affaire.

J'étais en train de ranger mes mocassins dans le placard lorsque quelqu'un frappa à ma porte.

— Tu peux entrer, Jess.

— Je trouvais que c'était mignon, me dit-elle sans préambule.

— Non, il a raison. Je suis trop grande. Toi, en revanche, ça t'irait bien. Tu veux l'ensemble ?

— Non merci. J'aimerais te parler de ce qui s'est passé tout à l'heure, ajouta-t-elle en regardant par la fenêtre. Tu as le temps ?

— Oui, il me reste au moins une demi-heure.

Je ne voyais jamais le soleil même s'il ne me blessait pas. Être la reine avait parfois ses avantages.

— Je n'en reviens pas de cette histoire !

— Pas étonnant que Sinclair ait voulu nous accompagner ce soir, ajouta-t-elle après s'être assise près de moi sur le lit. Il était au courant et pourtant, il ne t'en a jamais parlé. Il n'a même pas essayé de te prévenir.

— Je sais ! Tu vois bien ? Tout le monde n'arrête pas de me dire de lui laisser une chance, qu'il n'est pas si terrible que ça, mais c'est parce qu'ils ne voient pas son côté obscur, diabolique, complètement frappé… C'est le milk-shake au chocolat de ma vie !

— Ne t'inquiète pas, j'ai compris, maintenant. Il n'a pas été très habile sur ce coup-là. Mais toi, tu vas bien ? Ça a dû être un choc. Tu veux une tasse de thé ou quelque chose ?

— Non.

Je voulais mourir. Bien sûr, je pouvais toujours courir. Pas la peine de m'apitoyer sur mon sort. Mais, me connaissant, je savais que cela ne tarderait pas à arriver.

— J'ai bu tellement de thé qu'il m'en sort par tous les pores. Merci de l'avoir frappé pour moi.

— C'était ça ou le poignarder avec son couteau à beurre.

— Ça aurait pu être drôle ! Et merci de l'avoir mis à la porte.

— Je ne pense pas que ça va marcher. Il ne partira pas comme ça.

— Vampires, cafards : même combat !

— Bon, et qu'est-ce que ça signifie ?

— Je n'en sais rien. Je commençais à m'habituer au fait que le Thon soit enceinte.

— Menteuse.

— OK, tu as raison. Je paniquais un peu, mais maintenant, je me fais à l'idée que j'ai une autre sœur. Peu importe qu'elle soit la fille de Satan. C'est encore autre chose que le Thon, c'est le diable ! Je me répète sûrement, mais qu'est-ce que je suis censée y faire, moi ? (Jessica haussa les épaules.) L'histoire ne s'arrête sûrement pas là. Je vais aller voir Sinclair et lui tirer les vers du nez.

— Ou alors tu laisses tomber l'affaire.

— Amen ! (Je m'allongeai sur le lit.) Je savais que c'était trop calme, ces derniers temps ! marmonnai-je dans mon oreiller. Il fallait qu'il se passe quelque chose. Je m'attendais presque à voir des zombies sortir du mur…

— Bets, je crois qu'il est temps.

— Non.

— Bien sûr que si. Tu en as besoin. Tu es prête.

— C'est trop tôt.

— Je sais que tu as peur, murmura-t-elle en me caressant le dos, mais tu te sentiras mieux après. Tu sais que c'est la meilleure chose à faire.

— Je ne suis pas prête, gémis-je, terrifiée.

— Mais si ! Tout ira bien, je serai là pour t'aider.

Je secouai la tête, mais c'était peine perdue. Elle avait déjà pris sa décision.

Le lendemain soir…

— Oh ! Mon Dieu ! s'exclama la pédicure. Qu'avez-vous fait à vos pieds ?

— Elle est morte depuis six mois, expliqua Jessica assise sur le fauteuil face au mien.

— Je m'en moque, ce n'est pas une raison ! Mon Dieu, on dirait des sabots ! Vous devez mieux vous en occuper. Vous avez utilisé la crème au concombre que je vous ai donnée au printemps dernier ? Elle ne s'applique pas toute seule, vous savez ?

— J'étais occupée, rétorquai-je, sur la défensive. J'ai eu des… trucs à faire.

Trouver un meurtrier. Faire tourner le *Scratch*. Me retenir de sauter sur Sinclair pour abuser de son corps. Heureusement, je n'en avais plus envie. Pour être précise, mon désir pour lui s'était totalement évaporé. Je ne désirais pas sentir ses grandes mains sur moi, ses lèvres fermes contre ma peau, sa grosse… bref. Il s'était évaporé. Pouf !

— Tout le monde a des choses à faire, vous savez ? Vous devez vous occuper de vos pieds, c'est important.

— Et ils s'occuperont de vous ! poursuivis-je en chœur avec Jessica. (On connaissait la leçon.)

— Très bien, dit la pédicure tout en me grattant les pieds avec une pierre ponce. Vous voyez que vous m'écoutez quand vous le voulez. Arrêtez de vous préoccuper des choses à faire. Les pieds doivent toujours passer en premier.

— Oui, oui. (Peut-être que je l'aurais prise davantage au sérieux si elle n'avait pas eu l'air à peine sortie du lycée.) J'y penserai.

— OK, génial.

Jessica leva les yeux au ciel. Je souris.

— Pour une fille riche, tu as les pieds tout cornés.

— Occupe-toi de tes fesses, Blondie. Les tiens ne sont pas mieux.

— Oui, mais…

— Je croyais que nous étions d'accord qu'il n'y a rien de plus important que les pieds ?

— Oh ! Ça va ! marmonnai-je.

La pédicure plaça de nouveau mes pieds dans l'eau avant de secouer le flacon de vernis.

— Très bon choix, me félicita-t-elle.

— J'aime les classiques, répondis-je.

Rouge Cerise de Revlon. Un rouge sombre, magnifique. Je n'aimais pas les couleurs trop vives sur mes orteils.

— Tu vois, je te l'avais dit, soupira Jessica tandis qu'elle se faisait masser les pieds. Tu en avais besoin.

— Je ne vais pas te contredire. J'ai failli oublier que ma sœur était l'enfant de Satan.

— Est-ce qu'elle prend soin de ses pieds ?

— Pas autant que vous, lui répondis-je, ce qui était sûrement la vérité.

Quand je me réveillai la nuit suivante, mes pieds avaient repris leur aspect initial. Oubliée, la pierre ponce. Ils étaient exactement comme le jour de ma mort.

J'éclatai en sanglots et pleurai à chaudes larmes pendant cinq bonnes minutes. Ce n'était pas tant à cause de mes stupides orteils… J'encaissais simplement ce que ça voulait dire. Puis, je descendis dans la bibliothèque et m'y enfermai avec le *Livre des Morts*.

Chapitre 10

Je soulevai le fauteuil près de la cheminée avec précaution (il était probablement dix fois plus vieux que moi) et le coinçai avec force sous la poignée de la porte. Je ne pensais pas que quelqu'un me chercherait : Tina et Sinclair m'évitaient, et Marc et Jessica dormaient sûrement. Toutefois, je ne voulais pas prendre de risques.

J'en avais marre d'entendre toujours la même rengaine : « Ah ! Je ne te l'avais pas dit ? C'est écrit dans le *Livre des Morts* ! » Je comptais bien rester assise ici jusqu'à ce que j'aie lu cette monstruosité du début à la fin. Finies les surprises ! Sinclair ne me cacherait plus jamais rien.

Je n'aurais plus non plus à lui tirer les vers du nez.

À peine avais-je pris le livre dans les mains que j'étais déjà écœurée. Il était relié avec de la peau humaine – tout à fait charmant ! – et était tiède au toucher… probablement à cause de sa proximité avec la cheminée.

Le *Livre*. Si la Bible était le livre du bien, celui-là était sans contexte le livre du mal absolu. Ses reliures dégoûtantes étaient censées renfermer toutes sortes de faits sur les vampires. Sinclair l'avait sauvé des flammes de sa propre maison et l'avait fait rentrer de force dans la mienne. Depuis, nous l'évitions tous comme s'il n'existait pas. Du moins, c'est ce que je pensais. Visiblement, Sinclair venait de temps en temps en lire des passages. Et il gardait les détails croustillants pour lui, ce sale traître !

Je m'assis et observai longuement la couverture. *Tabla Morto*. Le *Livre* de l'absolument flippant, oui ! Était-ce du latin ? Je n'aurais pas su le lire. Je jetai un coup d'œil à la fin… y avait-il un sommaire ? Pouvais-je gagner du temps en cherchant le chapitre intitulé « La sœur de Betsy » ? Non. Seulement quelques images dérangeantes. Tant pis. Je n'étais pas là pour gagner du temps. J'étais là pour arrêter les dégâts.

Chapitre un, première page. Me voilà.

Je n'avais pas peur. Ce n'était qu'un livre. Il ne pouvait pas me faire de mal. Rien ne pouvait me faire de mal. Sauf cet imbécile de Sinclair. Non, ce n'était pas tout à fait vrai. J'étais simplement en colère après lui parce qu'il avait des secrets. Mon roi ne devrait rien me cacher. Le roi, je veux dire.

Le roi. Bien sûr. Et quel roi ! Il était d'un grand secours, vraiment. Bon, d'accord, il avait failli mourir en se battant pour mon trône, mais c'était le pouvoir qu'il désirait, pas moi. Il connaissait des choses, des détails intimes de ma vie. Au lieu de prendre le temps de m'en parler en tête à tête, il les gardait pour lui et ne cessait de me répéter : « Si tu lis le *Livre* trop longtemps, tu deviendras folle. » Ce genre de menace ne marchait déjà pas quand j'étais en fac !

> « Il y aura des Vampyres et il y aura une Reyne et un Roy des Vampyres. Mais au commencement, les Vampyres ne seront régis par aucune règle et le chaos régnera pendant douze et mille ans. »

Bon. Jusque-là, je suivais. Il s'agissait de Nostro et de tous ces bons à rien de dictateurs qui s'amusaient à créer les Monstres et à repousser les limites de la répugnance. Il n'y avait jamais vraiment eu de chefs avant Sinclair et moi. Ce qui était étrange quand on y réfléchissait un peu. Les êtres humains cherchaient toujours des figures d'autorité : rois, reines, présidents, banquiers... Jusqu'à mon arrivée, les vampires avaient réussi à les éviter, par accident ou intentionnellement.

Dans la pratique, un vampire débarquait, intimidait et torturait tout un groupe pour en prendre la tête, puis un autre encore pire prenait rapidement sa place et tout recommençait.

Ils n'étaient pas si différents des humains, finalement.

« Suite au chaos, apparaîtra l'Imposteur, destiné à tomber en poussière. Alors se relèvera une Reyne dont les pouvoirs dépasseront ceux du simple Vampyre. Elle ne sera ni consumée par la soif, ni blessée par la croix. Les animaux la reconnoîtront et elle régnera sur les Morts. L'imposteur fera place à la Reyne. »

Vous entendez ça ? L'Imposteur me fera place ! Na !

« Et le premier qui connoîtra la Reyne comme un mari connaît sa femme deviendra son consort et régnera à ses côtés pendant des millénaires.
« Et la Reyne reconnoîtra les Morts, sans exception, et ils ne pourront se cacher d'elle, ni lui dissimuler le moindre secret. »

Oui, oui, j'étais déjà au courant. Tina et Sinclair m'en avaient parlé quand Nostro avait mordu la poussière. Plus tard, j'avais appris des choses qu'ils m'avaient cachées. Je pouvais voir les fantômes, par exemple. Et contrairement à ce que peut en dire le petit garçon du *Sixième Sens*, ils sont parfaitement conscients de leur état.

Quant à leurs secrets, le *Livre de l'Horreur* se trompait, et sur toute la ligne : les morts ne faisaient que me mentir en ce moment.

« La sœur de la Reyne, chérie par l'Étoyle du Matin, dominera le monde. »

Chérie par l'Étoyle du Matin ? Sûrement une jolie métaphore pour parler du diable. Dominera le monde ? Pourquoi ? Pour le gouverner ? Pas possible ! Non seulement j'avais une sœur diabolique, mais en plus elle était destinée à conquérir le monde, tout comme j'étais destinée à gouverner le peuple vampirique aux côtés de Sinclair.

Merde. Tu parles d'un arbre généalogique ! Qu'y avait-il dans le sperme de mon père ?

En tout cas, je ne voyais pas le problème. Pourquoi Sinclair me l'avait-il caché ? Bon, OK, s'il m'avait tout annoncé d'un coup, je l'aurais peut-être mal pris : « Tu es la reine ; si tu couches avec moi, je deviens roi ; ta sœur est la fille de Satan et s'emparera peut-être du monde. Tu veux de la crème et du sucre dans ton thé ? » Mais était-ce tellement difficile à avouer ?

Je commençais à avoir mal à la tête, ce qui n'était pas étonnant, étant donné que je lisais depuis… Quoi ? Je jetai un coup d'œil à ma montre. J'étais restée enfermée ici trois heures ! Et je n'avais même pas lu dix pages ! Un livre d'Umberto Eco aurait été plus facile à lire.

C'était à cause du texte. Impossible de lire ce charabia archaïque normalement. Et puis, autant vous dire que personne n'avait pris la peine d'en corriger l'orthographe.

Alors avec un mal de crâne en plus ! Comment pouvais-je me concentrer quand la douleur me lançait comme une rage de dents ?

Bizarre, je ne devrais plus avoir de migraine.

Je n'arrivais vraiment pas à me concentrer.

Tu n'as plus eu de migraine depuis que tu es devenue vampire.

Et puis, ici, la luminosité n'était pas géniale. Non, elle était carrément mauvaise.

Vampyre.

Reyne ceci, Vampyre cela et sœurs cachées ; ça commençait à bien faire.

La Reyne des Vampyres.

Autant s'y remettre. Cet agréable livre tiède – pour une fois que je n'avais pas froid aux mains ! – n'allait pas se lire tout seul.

« Et l'Étoyle du Matin apparaîtra de nouveau devant son unique enfant et l'aidera à conquérir le monde. Alors, elle se révélera à la Reyne sous le couvert de la nuit. »

Pas la peine de s'inquiéter. En fait, tu n'as à t'inquiéter de rien. De rien du tout. Le diable ne sera pas aussi terrible que tu le penses ; franchement, toutes ces histoires de malin cornu, c'est surtout du folklore.

Et ta sœur sera peut-être un problème, mais tu t'en sortiras très bien. Pour l'instant, tu ferais mieux de t'occuper d'Éric Sinclair parce que même s'il se comporte comme un salaud, il te sera utile. Tu dois faire en sorte qu'il reste à tes côtés.

Et pourquoi est-ce que tu perds ton temps avec tous ces moutons ? Pour l'amour du ciel ! Cette maison est à toi ! Plus tôt la vermine qui rampe sous ce toit s'en apercevra, mieux ce sera !

Hmm. Pour un livre démoniaque écrit par un vampire à moitié fou qui pouvait voir le futur…

Comment étais-je au courant de ça ?

… écrit avec du sang et relié avec de la peau humaine, il disait des choses plutôt sensées !

Alors contente-toi de faire ton boulot… C'est toi qui commandes, alors dirige les choses à ta manière, et tranche la gorge de tous ceux qui mettront ton pouvoir en doute.

C'est vrai que jusqu'à présent, j'avais été trop coulante. Je n'arrivais pas à croire que je redoutais de lire ce *Livre du Bon Sens* ! Tout semblait plus clair, tout à coup. Évident, même. La première chose à faire était d'aller au *Scratch* et de féliciter Dents-qui-courent. Il avait raison sur toute la ligne quant à la façon de gérer un bar de vampires. Puis, je…

— Betsy ? Tu es là ? Qu'est-ce que tu fais ? (« Bam bam bam ! ») La porte ne s'ouvre pas !

… ferais le ménage ici. Ben voyons ! Ce qui se passait dans cette pièce ne concernait pas Jessica, pourtant elle fourrait toujours son nez partout et frappait aux portes pour poser des questions indiscrètes. J'avais été indulgente trop longtemps. Cette époque était révolue.

Après m'être levée du petit canapé, je refermai le livre et le plaçai avec tendresse sur son pupitre.

— Bets ! Qu'est-ce qui se passe ? Tu vas bien ? Tu ne fais rien d'étrange ou de vampirique là-dedans, pas vrai ?

J'attrapai le fauteuil qui bloquait la porte et le balançai avec tant de violence qu'il alla s'écraser de l'autre côté de la pièce. Je me rendis compte que dans ma précipitation, j'avais aussi tordu la poignée de la porte. Tant pis ! Il y en avait sûrement des tas de rechange.

J'ouvris la porte en grand.

— Est-ce que tout… (Elle écarquilla les yeux.) Tu vas bien ?

— Très bien, répondis-je avant de la gifler si fort que sa tempe heurta l'encadrement de la porte. Elle perdit pied, faillit tomber, manqua m'attraper par les épaules, y réfléchit à deux fois, pour finalement s'appuyer contre la porte. Elle posa les mains sur ses deux blessures : joue et tête. Je sentis l'odeur de son sang avant de le voir couler le long de ses doigts.

— Betsy, pour… pourquoi…

— Si tu ne veux pas que je recommence, ne me dérange plus jamais quand je travaille !

— Mais… m… m…

— Et ve ne te confeille pas de m'interrompre non plus, fis-je remarquer d'un air mielleux.

Ses yeux étaient si grands – sa peur aussi –, c'était magnifique. Et tout ce sang ! Il ne faisait que tourner en rond dans ces veines agaçantes. Quel gâchis ! Je la frappai de nouveau. Elle ne put esquiver. C'était amusant. Elle ne s'était même pas rendu compte que j'avais bougé jusqu'à ce qu'elle ressente la douleur sur son autre joue.

— V'aurais dû faire fa il y a des années !

— Betsy ? Qu'est-ce qui se passe ? pleura-t-elle.

Alors, je décidai de ne pas la tuer. Elle était pénible et j'hériterais probablement de toute sa fortune en lui arrachant la tête, puisqu'elle n'avait pas de famille, mais malgré sa terreur, elle s'inquiétait pour moi.

Oh ! C'est quoi, ton problème ?

Autant la garder près de moi ; avoir un mouton qui se souciait de mon bien-être ne pouvait être que bénéfique.

Et tout ce sang ! Ai-je déjà dit que c'était du gâchis ?

— Rien de particulier, répondis-je en riant face à son expression de panique. Rien du tout.

Puis, je l'attrapai par les épaules et plantai goulûment mes canines dans son cou.

Elle cria, leva les bras, mais il était trop tard. C'en était presque ennuyeux. Elle n'était pas assez rapide. Elle continua à me frapper pendant que je buvais. Un simple effleurement. *Le sang qu'on prend de force a vraiment meilleur goût.*

Même si c'était étrange, je ne pouvais rien y faire. Je ne créais pas les règles.

Quand je la relâchai, elle tomba si violemment sur le tapis qu'elle souleva un nuage de poussière. Elle rampa loin de moi en pleurs et se cacha en boule sous une table. Je léchai son sang sur mes canines en les sentant se rétracter. Tôt ou tard, je réussirais à les contrôler. Comme Sinclair.

Hmm… Sinclair.

— Récapitulons, repris-je en me baissant pour la voir. Ne m'interromps pas quand je travaille ou quand je parle… En fait, occupe-toi de tes affaires tant que je ne te sollicite pas. Ne m'adresse même pas la parole. Je suis contente qu'on ait eu cette petite discussion, terminai-je d'un air enjoué. (Il faisait bon d'établir de nouvelles règles.) À tout à l'heure. Oh ! Et j'ai besoin d'un chèque de 3 000 dollars. Il y a des soldes à *Marshall Field's.*

Je sortis de la pièce en refermant la porte de la bibliothèque avec précaution derrière moi. Génial, même si elle était tordue vers l'intérieur, la poignée marchait toujours ! Je devrais me faire un petit cadeau pour me féliciter.

Disons 4 000 dollars.

Chapitre 11

Je tombai sur Marc alors que je remontais dans ma chambre à la recherche de mes chaussures et de mes clés de voiture. Il avait les cheveux en bataille (comment un type avec une coupe aussi courte faisait-il pour avoir l'air mal peigné en permanence ?) et sa blouse était dans un sale état.

— Qu'est-ce que tu fabriques ici ? lui demandai-je.

— Je fais des heures sup' demain, alors le docteur Abrams m'a laissé partir plus tôt. (Il me dévisagea.) Tu as du sang sur…

— Non ! l'interrompis-je. Ce que je veux dire, c'est qu'est-ce que tu fous ici ? À me sucer jusqu'à la moelle comme une sangsue ? Tu n'as plus que ton père – qui est malade, en plus – mais au lieu de t'occuper de tes affaires, tu traînes ici en fourrant le nez dans ce qui ne te regarde pas et tu ne paies que… combien ? 200 dollars par mois pour vivre dans un palace ? Tu détestes ton boulot, tu détestes ta vie, depuis que je te connais, tu n'as jamais eu un seul rendez-vous galant, et encore moins une relation durable, et traîner avec un vampire est le seul moyen que tu aies trouvé pour te sentir vivant. Pathétique, docteur Spangler ! Vous êtes tombé bien bas.

La façon dont il me regardait, bouche bée, était jouissive. Au bout d'un moment, il retrouva l'usage de la parole :

— Je ne déteste pas mon boulot.

Bonne répartie… ou pas.

— Écarte-toi, docteur Sangsue ! fis-je avant de le dépasser.

Heureusement pour lui, j'étais déjà rassasiée. Je le jetterais à la porte dès le lendemain lorsqu'il aurait pris le temps de réfléchir à toutes les vérités auxquelles je l'avais confronté. Il devrait aller voir Jessica, ils pourraient pleurer ensemble. Ce serait amusant.

Une fois dans ma chambre, je balançai mes Manolo d'un coup de pied. Ridicules ! Ces talons étaient bien trop hauts ! Et puis, quand est-ce que je pourrais porter des escarpins lavande ? Dire que je voulais les mettre au mariage d'Andrea et Daniel ! Où avais-je la tête ? En plus de porter des chaussures indignes de mon statut, je n'allais sûrement pas autoriser un vampire à épouser son mouton. C'était de la nourriture, pas un partenaire potentiel ! Qu'avais-je pensé lorsque je les avais félicités ? Félicités !

Je ne devais pas être trop dure avec moi-même. Jusqu'à présent, je ne réfléchissais pas, en fait, je fuyais ma destinée. Je n'avais rien compris. À présent, j'étais prête à prendre les rênes, à passer du rang de jeune vampire à celui de reine.

J'ouvris le placard pour observer les rangées de chaussures que je possédais : sandales en cuir jaune – stupide ; bottes montantes rouges – tape-à-l'œil ; escarpins de soirée Roger Vivier incrustés de turquoises. De turquoises ! Je détestais ça, pourtant j'avais dépensé 1 000 dollars pour des godasses décorées de cet horrible caillou ! Fontenau jaune pisse… que je ne pouvais porter qu'avec du noir ; ballerines noires toutes simples Manolo Blahnik… j'aurais pu avoir les mêmes au *Wal-Mart* pour 20 dollars !

Mules Marabou et pantoufles Emma Hope, ainsi que d'autres avec des smileys à la japonaise – des smileys ! Chaussures de golf beige et blanc… alors que je ne jouais pas au golf. Bottes de cow-boy… et je n'avais pas de cheval ! Je n'aimais même pas me promener dans le jardin !

Qu'est-ce qui n'allait pas chez moi ? J'avais jeté des milliers de dollars par les fenêtres pour des accessoires pour pieds ! Mes problèmes d'argent auraient été résolus depuis des années si je m'étais contentée de porter des tongs !

Finalement, je mis la main sur de vieilles bottes en caoutchouc vertes que je n'aurais pas honte de porter et les enfilai. Puis, je partis à la recherche de mon sac. Même si cette maison était digne de mon statut, j'avais encore un peu de mal à m'organiser et à atteindre la porte. Et si je faisais installer des ascenseurs ? Et des miroirs concaves comme ceux qu'on trouvait dans tous les hypermarchés. Au moins, je pourrais voir qui arrivait de l'autre côté du couloir.

En parlant de surprise, alors que je tournais au coin, j'aperçus Sa Majesté le Roi Sinclair avancer dans ma direction. Il était impeccablement vêtu, comme à son habitude, tout de couleurs sobres : pantalon noir, ceinture noire, chemise noire, pardessus en laine noire. Cette accumulation rendait ses yeux encore plus sombres, comme un ciel sans étoiles en plein milieu de l'hiver. Je ne distinguais plus son iris de sa pupille.

Son visage avait pris quelques couleurs. Rien à voir avec l'air frisquet du dehors comme chez la plupart des gens. Il venait de se nourrir. Je me demandais qui il avait bien pu mordre. Normalement, j'évitais de trop y réfléchir, mais comme il avait renvoyé son harem (pour essayer de rentrer dans mes bonnes grâces), il devait être en manque de sang.

Peut-être s'attaquait-il aux meurtriers et aux violeurs, comme moi. Bien sûr, grâce aux événements récents qui m'avaient littéralement ouvert les yeux, j'étais désormais un peu plus large d'esprit quant à la qualité de mes victimes. À partir du moment où ils traînaient dans la rue, c'étaient des proies légitimes. Ce n'est pas comme s'ils allaient en mourir, de toute façon. Et même si c'était le cas, j'avais d'autres chats à fouetter.

— Je te trouve très appétissant, l'interpellai-je en l'attrapant par le col au passage. Comme d'habitude…

— Toi… toi aussi…, répondit-il avec précaution, en me regardant de plus près. Tu sens le sang. Il y en a sur ton chemisier.

— Oups !

— Ce sont des bottes en caoutchouc à tes pieds ?

Je m'approchai davantage.

— Tu ne crois pas que nous avons des choses plus intéressantes à discuter que mes goûts en matière de chaussures ?

Il fronça ses magnifiques sourcils.

— En toute franchise, oui, mais…

Sans lui laisser le temps de continuer, je l'embrassai à pleine bouche. Une bouche ferme et délicieuse. Waouh ! Comment avais-je pu me retenir de le toucher pendant si longtemps ? Sa chambre n'était qu'à cinq portes de la mienne – pas cinq kilomètres !

Ses mains se posèrent aussitôt sur moi, remontant le long de mon dos pour me saisir par les épaules. Bien, il ne tentait pas de résister.

Je lui arrachai alors sa veste et sa chemise, et nous tanguâmes dans le couloir, ôtant fiévreusement nos vêtements tout en continuant à nous dévorer. Puis, nous enfonçâmes une porte. Comprenez-moi bien : elle ne s'ouvrit pas gentiment quand nous cognâmes dedans. Non, il y eut des morceaux de bois partout et nous trébuchâmes également sur un fauteuil ou quelque chose dans le genre… je ne faisais pas un putain d'inventaire, non plus ! Je ne savais même pas dans quelle pièce nous nous trouvions ! Un tapis poussiéreux ferait très bien l'affaire.

Tandis qu'il tirait toujours sur mes vêtements, je me rendis compte que mes lèvres étaient au niveau de sa gorge. Je ne pus résister et y plantai aussitôt mes canines. Je le sentis se crisper au-dessus de moi. La sensation de son sang sucré-salé dans ma bouche me donna envie de gémir. Aussitôt, ses mains s'affairèrent frénétiquement et mes vêtements volèrent à l'autre bout de la pièce. Soudain il était en moi, me remplissant totalement. Je soulevai les hanches pour venir à sa rencontre tout en écartant mes lèvres de son cou.

Quand je léchai la blessure, il m'attrapa par les cheveux et me tira la tête sur le côté pour me mordre à son tour. Sa brutalité débordante me propulsa vers l'orgasme. Je relevai les jambes pour suivre le rythme de ses hanches. Une nouvelle vague de plaisir me submergea. J'essayai d'en atteindre une troisième lorsqu'il trembla et laissa tomber sa tête contre mon épaule.

— Bon…, fis-je au bout d'un moment, tu vas avoir besoin d'une nouvelle veste.

Il éclata de rire.

— Entre autres.

Je jetai un coup d'œil à ma montre par-dessus son épaule.

— On a encore une heure avant que le soleil se lève. Je comptais aller au *Scratch*, mais ça peut attendre demain.

— Est-ce que c'est le moment où l'on a une conversation assommante sur ce qui vient de se passer ?

— Je pensais plutôt à un petit 69…

Se relevant d'un bond, il me prit dans ses bras et se précipita dans ma chambre.

Chapitre 12

— Oserais-je demander ce qui a provoqué un tel changement ? dit-il après avoir claqué la porte avec son pied et m'avoir jetée au milieu du lit.

— Je m'ennuie, répondis-je en retirant les morceaux de tissu restant sur mon corps. Et puis, il ne faut pas mordre la queue qui te nourrit.

— Tu devrais en faire ta devise !

Il sautillait à cloche-pied pour retirer sa chaussure et je ne me privai pas de me moquer de lui.

Une pensée me traversa l'esprit une seconde. Je tentai de m'y accrocher. Pourquoi n'avais-je pas pu lire dans les pensées de Sinclair pendant que nous faisions l'amour ? J'en avais toujours été capable les fois précédentes.

Peut-être que ma tête était trop vide à l'époque, ce qui n'était plus le cas. Il n'y avait plus de place pour lui à l'intérieur, à présent. Aucun problème. Des tas de choses allaient changer de toute façon.

Quand il réussit enfin à se débarrasser de sa stupide chaussure, il me rejoignit sur le lit.

— Je suis content que tu sois là, m'avoua-t-il. Je t'attends depuis longtemps.

— Fini d'attendre, beau gosse. Je crois qu'on peut dire que je suis enfin en position de faire honneur à toutes tes merveilleuses qualités.

En parlant de position, nous nous attaquâmes au 69. L'avantage d'être un vampire ? On ne s'arrête plus pour reprendre sa respiration. Il était entièrement dans ma gorge, pourtant, ça ne me dérangeait pas du tout. En revanche, il faudrait penser à appeler quelqu'un pour réparer la tête de lit. Elle s'était fendue en deux. L'un de nous avait donné un coup de pied dedans. Bon, OK, à un moment donné, nous l'avions tous les deux cognée.

Au bout d'un certain temps, je décidai de grimper sur lui à califourchon (Hue ! Jolly Jumper ! Hue !). Je le chevauchai joyeusement pour atteindre un nouvel orgasme lorsque j'entendis le son caractéristique d'une voiture qui se gare dans l'allée.

— Qui est-ce ? demandai-je en jetant un coup d'œil à ma montre.

Hmm. Quinze minutes avant le lever du soleil. Un vampire ?

— Tina, grogna-t-il. Est-ce que tu pourrais te concentrer sur nos activités, ma chérie ?

Tina ! Mademoiselle « Tu es la reine, mais Sinclair est à moi ». La traîtresse. Aussi prompte à m'appeler « Majesté » qu'à se retourner contre moi, à manœuvrer dans l'ombre et faire tout son possible pour que Sinclair ait toujours l'avantage.

J'avais besoin de lui, mais elle, je pouvais parfaitement m'en passer. Elle était âgée (sûrement le plus vieux vampire que je connaissais) et dangereuse.

Il fallait que je m'en débarrasse.

Je mis pied à terre avant d'attraper mon peignoir attaché à la porte de ma salle de bains de princesse. Pas le temps de m'habiller correctement : je voulais régler ça tout de suite.

— Elizabeth ! m'appela Sinclair, l'air à la fois énervé et surpris. Tu as un rendez-vous important que tu aurais oublié, ou quoi ?

— C'est ça. (Quelque chose que j'aurais dû faire il y a longtemps – six mois pour être exacte.) Je reviens. Ne finis pas sans moi.

— Mais…

Je n'entendis pas la suite. J'avais déjà disparu dans le couloir. Le sexe avec Sinclair était très satisfaisant, et je comptais bien revenir. Toutefois, ce problème était plus important. La dernière chose dont j'avais besoin, c'était d'héberger une vieille vampire rusée qui ne se souciait pas de mes intérêts.

Je pouvais me trouver de nouveaux alliés : plus jeunes, moins dangereux, moins agaçants. Et Sinclair n'irait nulle part. Je le tenais pratiquement en laisse.

Tina se trouvait dans l'entrée. Elle venait à peine de fermer la porte. J'avais littéralement dévalé l'escalier.

— Bonjour, Maj…

Elle cria. Sûrement à cause de la petite croix en or que j'avais sortie de ma poche pour la lui jeter dessus.

Sinclair m'avait offert ce pendentif quelques mois auparavant. Il avait appartenu à sa petite sœur, morte depuis des lustres. Je ne pouvais pas le porter dans la maison car Sinclair et Tina ne supportaient pas de le regarder, sans parler des vampires qui venaient me consulter.

Pourtant, habitude idiote, j'aimais l'avoir à portée de main. Alors, je la plaçais dans la poche de mon jean ou, quand je dormais, dans celle de mon peignoir.

— Tina, au cas où tu ne l'aurais pas encore compris, j'en ai plus qu'assez de tes conneries.

— Non, ne… (Elle esquiva mon coup, se recroquevillant dans un coin de la pièce.) Ne faites pas ça !

— Ne me dis pas ce que je dois faire !

Hmm, ça paraissait plus menaçant dans ma tête ! Tant pis. Elle comprendrait bien que les choses avaient changé. Adieu l'ancien style, bonjour le nouveau ! Ou un truc dans le genre.

— Qu'est-ce qui se passe ? s'écria-t-elle.

Je voulus lui répondre avec mon poing, mais elle fut trop rapide. Mon bras s'enfonça dans le mur jusqu'au poignet.

— Et merde !

Me libérant, je secouai la main pour retirer le plâtre qui s'y était collé. Je demanderais à la personne qui réparerait la tête de lit de s'occuper du mur et de la porte.

Mais avant toute chose, je devais terminer de régler ce problème. Je cherchai ma croix du regard. Il suffisait que je la lui enfonce dans le crâne et adieu Tina ! Elle mourrait bruyamment, et ce serait tant mieux, pourvu qu'elle crève.

Ah ! La voilà ! Sur le sol, à côté de la petite table où nous posions nos clés. Quand je me penchai pour l'attraper, Tina me saisit par les épaules et me repoussa si fort que je volai jusqu'au mur d'en face.

— Hé ! (Maintenant, je voulais vraiment la tuer.) Ne me touche pas, sale vache demeurée !

— Je suis désolée, Majesté. (Elle se tenait parfaitement immobile, loin de la croix, et m'observait avec l'intérêt et l'intensité d'un chat devant un trou de souris.) Mais je ne vous laisserai pas me tuer. Je veux vous aider. Que se passe-t-il ?

— Si tu veux vraiment m'aider, ne bouge pas, rétorquai-je en me jetant sur elle.

Aussitôt, elle m'assena un coup dans les côtes et m'envoya m'effondrer sur une chaise qui céda sous mon poids.

Putain !

— Tu ne t'es pas ramollie en un siècle…

— C'est l'un des avantages de l'immortalité, me rappela-t-elle calmement.

La vitesse avec laquelle elle était passée de la surprise à la résignation m'impressionnait. Comme si j'avais besoin d'autres raisons de la tuer !

— J'ai eu le temps d'apprendre à me battre. Que s'est-il passé ?

— Pas grand-chose. J'ai passé la soirée à lire. La bonne nouvelle, c'est que je sais tout sur ma sœur. La mauvaise, c'est que je vais devoir me séparer de toi, Tina. Désolée.

— Fais attention, Tina ! Elle est devenue folle !

Je me retournai vivement. Jessica venait de passer le pas d'une porte, le visage blême et ensanglanté. Elle se tenait le crâne d'une main pour arrêter l'écoulement du délicieux liquide. Comment avais-je pu la laisser approcher ? Bordel de merde ! Il y avait décidément trop de monde dans cette maison ! J'allais devoir en éliminer quelques-uns.

Prise de vertige, Jessica s'appuya contre la porte.

— Je ne plaisante pas. Je crois… Je crois qu'elle a passé trop de temps à lire le *Livre des Morts*.

— J'avais cru comprendre. Oh, Majesté ! soupira Tina en secouant la tête. Qu'allons-nous faire de vous ?

Pour parler poliment, elle commençait vraiment à me taper sur le système.

— Tu vas la fermer, oui ? Et puis va te faire voir, pendant que tu y es ! Ce sont des problèmes de vampires. Et toi, ne bouge pas !

Je traversai la pièce à toute vitesse pour passer outre à la vigilance de Tina. Mais elle ne fut pas dupe et m'esquiva bien trop rapidement à mon goût. Pas grave. Je pouvais me rapprocher de la croix. Je me penchai pour l'attraper. J'allais poignarder Tina, puis me charger du cas de Jessica jusqu'à ce qu'elle se préoccupe davantage de son respirateur artificiel que de mes affaires.

J'entendis l'air siffler quelques secondes seulement avant de sentir l'impact. Le soleil s'était sûrement levé plus tôt ce jour-là car mon crâne était rempli de lumière.

Puis l'obscurité tomba. Et moi aussi.

Chapitre 13

J'ouvris les yeux en gémissant. Satanée gueule de bois ! À croire que j'avais passé la soirée à boire un litre de vodka, et pas à lire !

La lumière me fit cligner des yeux tandis que j'essayais de remettre de l'ordre dans les milliards de pensées qui me traversaient l'esprit. Il y avait au moins une chose positive dans tout ça : j'en savais davantage sur la fille du diable. Mais je devais d'abord m'occuper d'autres pro…

Attendez un instant.

De la lumière ?

Je regardai autour de moi. Je me trouvai dans une petite pièce du côté ouest de la maison, dénuée de meubles, avec une solide porte en chêne massif. En fait, nous avions décidé de la transformer en cave à vin jusqu'à ce que Sinclair remarque qu'elle était trop exposée au soleil. Satané Monsieur je-sais-tout ! Alors, on avait déplacé les bouteilles au sous-sol et cette pièce était restée vide…

La lumière.

Du soleil.

Je me levai – je portais toujours mon peignoir – pour me diriger vers la fenêtre.

Le soleil.

Je n'en croyais pas mes yeux ! Je n'arrivais pas à en détacher mon regard ! La grosse boule dorée se confondait avec la cime des arbres. La fin de l'après-midi.

Je n'avais plus vu le soleil depuis mon trentième anniversaire en avril dernier.

Ma lecture du *Livre des Morts* m'avait transformée en fieffée connasse et je le regrettais. Vraiment. Mais si en échange, cela m'avait rendue capable de me déplacer durant la journée, alors je ne voyais finalement pas trop de raisons de me plaindre.

Comme j'étais la reine, le soleil ne me blessait pas, ce qui signifiait que je pouvais sortir. À l'extérieur. Me promener, sentir la lumière, la chaleur sur mon visage.

J'essayai d'ouvrir la lucarne en vain. Il y avait tellement de pièces dans cette maison et si peu de locataires que cette fenêtre n'avait probablement pas été utilisée depuis une cinquantaine d'années.

Impatiente, étourdie par l'idée de sortir, je brisai la vitre d'un coup de poing et retirai les plus gros morceaux. Puis je sautai au travers, un peu comme Starsky. À moins que ça ne soit Hutch… Comment il s'appelait, le blond, déjà ?

Je me réceptionnai à l'étage en dessous et m'époussetai avant de m'allonger sur le dos pour absorber les rayons du soleil. L'herbe était fraîche – même si le mois d'octobre était doux pour le Minnesota, ça restait l'automne – mais ça m'était égal. Le soleil allait bientôt se coucher, mais ça m'était égal. J'avais des excuses à présenter, mais... OK, ça, c'était important et je comptais m'y atteler bientôt.

Dans une minute.

Merci, Dieu. Merci du fond du cœur! Je ne le mérite vraiment pas. Merci. Merci!

Mes actes de la veille me revenaient à l'esprit les uns après les autres, gâchant mon plaisir. Malheureusement pour moi, le *Livre* ne causait pas d'amnésie.

J'avais l'impression de tout revivre en avance rapide. J'avais essayé de tuer Tina, qui m'avait botté le cul. Même si j'avais honte d'avoir été battue par une femme deux fois plus petite que moi, j'étais contente de ne pas avoir réussi. J'avais dit des choses affreuses à Marc... Il avait toujours été un bon ami pour moi. Pourtant, je l'avais traité de sangsue.

Et Jessica... *Oh! Jess. J'ai vraiment merdé, cette fois. Je préférerais m'immoler plutôt que de te blesser davantage. Tu es la meilleure amie dont puisse rêver une vampire.* Oui, ça sonnait juste. Il fallait que je m'en souvienne pour le répéter. Encore et encore. *Mon Dieu, si elle accepte de m'adresser la parole, je m'excuserai pendant trente ans, s'il le faut. Pitié, faites qu'elle m'écoute!*

Puis, il y avait Sinclair. Je me couvris les yeux avec un grognement. Je lui avais sauté dessus comme une grosse cochonne en chaleur ! C'était presque aussi grave que de me nourrir de Jessica. Je m'en voulais de l'avoir utilisé et lui en voulais à lui de m'avoir laissée faire.

Et de ne pas s'être rendu compte que j'étais démoniaque ! Comment ce léger détail avait-il pu lui échapper ? Ce connard était au courant lorsqu'une mouche se posait à un kilomètre, mais ne savait pas faire la différence entre Wonder Garce et moi ?

Quand je me redressai pour m'asseoir, agacée et totalement perdue, j'entendis le son caractéristique d'un fusil de chasse qu'on arme. J'avais accompagné ma mère chasser le canard à plusieurs reprises. (Bien sûr, c'était avant que j'adhère à PETA… même si je n'en faisais plus partie. Leurs méthodes étaient devenues trop extrêmes à mon goût.)

Je me retournai. Marc se tenait à quelques mètres, mon calibre douze à la main. Que disaient les statistiques ? Quand on gardait une arme chez soi, on avait plus de chance de mourir par elle que d'être victime de la violence de quelqu'un d'autre.

Comme je me trouvais en plein dans sa ligne de mire, je pris note de m'intéresser davantage à ce genre de statistiques à l'avenir.

— Euh, je ne suis plus dangereuse, commençai-je.

— Hmm, répondit-il.

Il ne portait ni blouse ni chaussures, seulement un jean et un tee-shirt de Tori Amos. Soit il ne travaillait pas, soit il avait pris un jour de congé pour s'occuper du cas de sa colocataire psychopathe.

— Tout va bien ? Tu ne t'es pas coupée en sortant par la fenêtre ?

Il s'inquiétait pour moi ! J'en oubliai presque le fusil.

— Non. Je veux dire que non, je ne me suis pas coupée ; pas que non, je ne vais pas bien. Je vais très bien. Tout est rentré dans l'ordre.

— Éric t'a entendue sortir.

— OK. Euh, qu'est-ce que tu comptes faire avec ça ?

— Eh bien, fit-il en avançant sans baisser sa garde, ça ne te tuera pas, mais ça te ralentira considérablement. Et même si tu es capable d'esquiver les balles, Tina pense qu'une volée de plomb fera l'affaire.

— Elle a sûrement raison. Comment va-t-elle ?

— Très bien, rétorqua-t-il avec un sourire moqueur. Au cas où tu l'aurais oublié, elle t'a donné une bonne leçon.

— Je m'en souviens parfaitement, soupirai-je en posant la tête sur mes genoux. Je me souviens malheureusement de tout. Je suppose que je ferais mieux de commencer à implorer votre pardon. Je suis désolée pour tout ce que je t'ai dit, Marc. (Je relevai les yeux.) Je ne le pensais pas. Ça me ferait de la peine que tu déménages.

— Oui, oui.

— Je te le jure, Marc ! Je suis désolée. J'ai merdé.

— OK.

Il ne baissa pas son arme.

— Tout le monde est à l'intérieur ?

— Oui. Tina dort encore, mais Éric et Jessica sont réveillés. Nous essayions de mettre un plan au point au cas où… aucune importance.

Ils se demandaient quoi faire si j'étais encore timbrée lorsque le soleil se coucherait. Je réprimai un sourire. Sinclair ne s'attendait pas à ce que je me réveille en plein après-midi.

— Ce n'était pas une très bonne cellule, fis-je remarquer. Elle avait une fenêtre.

— Nous espérions que tu irais mieux.

— Est-ce que je peux rentrer ?

Enfin, il baissa légèrement sa garde.

— Qu'est-ce que tu comptes faire ?

— M'excuser platement jusqu'à ce que les choses rentrent dans l'ordre. Oh ! Et engueuler Sinclair ! Il ne s'est même pas rendu compte que je n'étais pas moi-même !

— Pour tout te dire, il ne le prend pas très bien non plus.

— Lui, il ne le prend pas bien ?

— Ouais.

Je ne pus m'empêcher d'observer que Marc n'avait pas enclenché la sécurité du fusil. Même s'il faisait mine de me croire, il ne prenait aucun risque. Cette pensée m'attrista. Je ne lui avais jamais fait peur.

Tout à coup, je me demandai quoi d'autre avait bien pu changer.

Chapitre 14

— Regardez qui j'ai trouvé ! s'exclama Marc tandis que je le suivais timidement dans l'un des salons.

— Euh... salut, murmurai-je avant de m'écrier : Qu'est-ce que ce truc fabrique ici ?

Je ne parlais pas de Sinclair, même si, après la nuit dernière, je n'étais pas vraiment enthousiaste à l'idée de le voir... Non, je désignais le *Livre des Morts* posé Dieu sait pourquoi à côté du sucrier.

— J'ai décidé de lire un peu, moi aussi, répondit Sinclair. (Il s'amusait à jouer à la statue, raide comme un piquet.) Bien sûr, je me suis arrêté après quelques pages.

— Tu avais raison, tu es content ? Je n'aurais jamais dû le lire. C'était une erreur stupide et grosse comme une maison.

— Pire que stupide, ajouta Marc.

— Bien pire, acquiesçai-je sans quitter Sinclair des yeux. Et toi, tu n'aurais jamais dû coucher avec moi.

— C'est toi qui as couché avec moi, me rappela-t-il. (Il avait le culot de paraître blessé.) Et tu m'as abandonné en plein milieu.

— Parce que j'étais démoniaque, pardi ! Et tu ne t'en es même pas rendu compte !

OK, mes plaintes sonnaient moins légitimes que prévu. Pourtant, je ne pouvais pas contenir ma colère.

— Comment as-tu pu ne pas t'en apercevoir ?

Il se leva. Quand il était assis et prenait gentiment le thé, il était facile d'oublier sa stature imposante, mais quand il se mettait soudain debout, trop rapide pour l'œil humain, il dépassait tout le monde. Marc recula. Je ne pouvais pas lui en vouloir. J'avais presque envie de faire pareil.

— Si je comprends bien, dit-il calmement, la seule raison pour laquelle tu as décidé de partager mon intimité – à plusieurs reprises –, c'est parce que tu n'étais pas toi-même.

— Eh bien… (Dit comme ça, c'était assez horrible. Et Sinclair semblait avoir le cœur brisé… ou du moins, j'avais l'impression qu'il attendait que je lui brise.) Euh… Tu sais bien que je te trouve super séduisant, Éric. Ça n'a jamais été le problème.

J'avais été tellement obnubilée par ce que j'avais fait subir à Marc, Tina et Jess que je n'avais pas réfléchi aux sentiments d'Éric. Après tout… c'était un homme. Il avait eu ce qu'il voulait. Plusieurs fois ! Je m'attendais à ce qu'il me gronde comme une gamine pour m'être trop approchée du *Livre*, mais je ne pensais pas qu'il m'en voudrait, ni que je l'avais blessé. Pour être franche, je ne pensais pas pouvoir le blesser du tout.

On parlait du roi des vampires, pour l'amour du Ciel !

— Quoi qu'il en soit…

Je cherchais comment terminer ma phrase sans m'enfoncer davantage ou aggraver la situation.

— Oh ! Regardez ça ! s'exclama Marc d'un ton faussement enjoué. Un fusil ! Ce n'est pas le mien. Je vais le ranger dans ton placard, Betsy. Ou peut-être même dans le mien, corrigea-t-il avant de s'échapper.

— N'oublie pas d'enclencher la sécurité avant de retirer les munitions, criai-je à sa suite.

— Peu importe, murmura Éric, attirant mon attention.

Il s'était rassis quand je ne le regardais pas. Le moment était passé.

— Que tu le veuilles ou non, tu as répondu à ma question.

— Éric…

— Elizabeth, je remarque que tu es réveillée.

— Effectivement. Aucun détail ne t'échappe, répondis-je en m'asseyant en face de lui. Je prenais le soleil quand Marc est venu me chercher. J'ai beaucoup de choses à me faire pardonner, je sais. Où est Tina ?

— Elle dort encore, dit-il en me regardant d'un air étrange. Jusqu'à la tombée de la nuit, bien sûr. Tu as dit que tu étais dehors ? J'ai bien entendu la vitre se briser, mais je n'aurais jamais pensé…

— Oui ! C'était génial ! J'aimerais que tu puisses venir avec moi. Le soleil m'a fait tellement de bien !

— Il me brûlerait entièrement en une nanoseconde.

— C'est vrai. Désolée ! Je n'ai pas pu sortir dans la journée ces six derniers mois, alors, crois-moi, j'en avais besoin.

— Tina, rétorqua-t-il en me dévisageant toujours comme une nouvelle espèce d'insecte bizarre, n'a pas vu le soleil depuis plus de cent ans.

— Je lui en parlerai, si elle veut. Une fois que les choses seront rentrées dans l'ordre. Ça ne devrait pas prendre longtemps d'ailleurs. Après tout, elle m'a donné une bonne leçon ! Tu aurais dû voir ça, plaisantai-je pour essayer de réchauffer l'atmosphère.

— J'ai raté ça. J'attendais ton retour au lit, répliqua-t-il froidement.

— Tu… (Je voulais arranger les choses, mais je ne savais pas comment faire. Alors je terminai ma phrase avec une voix qui ressemblait plus à celle d'une petite fille que d'une femme adulte. Pathétique.) Tu n'as vraiment rien vu ?

— J'étais… distrait. Je te promets que ça n'arrivera plus.

Face à la dureté et la froideur que reflétait son visage, je n'eus qu'une envie : fuir. Tout de suite. À la seconde même.

— Où est Jessica ?

— Elle se cache, bien sûr. (Il se leva avant de s'emparer du *Livre*.) Je ferais mieux de le ranger. Puisque tu sembles être redevenue toi-même, je n'ai pas besoin de faire de recherches plus poussées. Bonne journée.

Fin de la conversation.

Chapitre 15

— Jessica ? (Je tapai doucement sur la porte.) Jess ? C'est Bets. Je peux entrer ?

Silence. Enfin, je l'entendais bouger de l'autre côté, pourtant elle refusait de me répondre. Grrr… Je pouvais tout supporter : la mort, la torture, les chaussures bon marché, mais pas qu'on m'évite.

— Jess ? Je sais que j'ai merdé, ma puce. Je m'en veux. Je suis vraiment désolée. Je m'excuse de t'avoir frappée et mordue, et de t'avoir dit toutes ces horribles choses. (Faire la liste de mes crimes me donna encore plus le cafard, si c'était possible.) Est-ce que je peux entrer, s'il te plaît ?

Toujours rien. Comment pouvais-je lui en vouloir ? À sa place, je ne me parlerais pas non plus.

— Jess, laisse-moi entrer, ma belle. Tu n'as pas envie de me voir supplier en chair et en os ? J'en ai pour un bout de temps, je suis sûre que tu ne veux pas rater ça !

Aucune réaction.

— OK, toussai-je. Je voulais juste que tu saches que je suis redevenue normale et que je suis désolée pour… ce que tu sais. Pour tout. Si… Si tu me cherches, je ne serai pas loin. N'hésite pas à venir me parler, d'accord ? D'accord. Bon, j'y vais.

Pendant un instant, je demeurai immobile, m'attendant à ce qu'elle ouvre la porte à la volée de façon théâtrale et me supplie de rester. Cela arrivait toujours dans les films. Puis, je me retournai et disparus dans le couloir.

La situation se révélait beaucoup plus compliquée que prévu. J'avais vraiment tout gâché cette fois, tout ça parce que j'avais décidé de lire le *Livre des Morts* au lieu d'*Autant en emporte le vent*. Je me sentais comme Scarlett après le pillage de Tara par les Yankees… en moins attirante.

Quand je redescendis, Marc et Tina se tenaient au pied de l'escalier, à parler entre eux. Je résistai à l'envie d'écouter. J'avais déjà fait assez d'erreurs en l'espace de quarante-huit heures. Alors, je me contentai d'aller à leur rencontre.

— Vous vous sentez mieux, Majesté ? demanda Tina.

Son sourire ne paraissait pas forcé. Marc avait l'air normal, aussi… Les épaules un peu raides, peut-être, mais plutôt détendu.

— Euh, oui, écoute…

— Je suis simplement contente que vous alliez mieux. Je m'excuse d'avoir pris des libertés quant à votre personne. Je…

Je lui pris les mains et plongeai mon regard dans ses grands yeux brillants.

— Tina, c'est moi qui te dois des excuses ! Je suis nulle !

Un sourire se dessina sur ses lèvres tandis qu'elle essayait de se libérer.

— Oh non ! Majesté, ne dites pas ça !

— C'est la vérité ! Je m'en veux tellement d'avoir voulu te tuer. Je suis contente que tu m'aies botté le cul. Humiliée, mais contente. Je ne te savais pas capable de te battre comme ça.

Riant, elle repoussa une mèche de cheveux dorés de devant ses yeux.

— Heureusement pour moi. Je dois avouer que j'étais en mauvaise posture quand vous avez décidé de me jeter votre collier au visage.

— Je suis désolée.

— Moi aussi. Je suis contente que vous alliez mieux, ajouta-t-elle avec une sincérité touchante.

— Je n'ai plus une goutte de démon dans le sang.

— Et… vous vous êtes réveillée avant le coucher du soleil.

— Oui… J'ai troqué la folie contre un nouveau pouvoir, plaisantai-je. C'est le pire échange qui m'ait jamais été proposé.

— Hmm, répondit-elle en me regardant de la même façon que Sinclair.

C'était toujours aussi déplaisant.

— Tu aurais dû la voir se rouler dans l'herbe comme un gros chien blond ! intervint Marc. C'était à mourir de rire.

— Chut !

Pourtant, je ne pouvais pas m'empêcher de sourire. Après tout ce qui s'était passé, ça faisait du bien.

Chapitre 16

— J'ai quand même de bonnes nouvelles! annonçai-je d'une voix tonitruante. Je sais comment retrouver ma sœur!

— Pourquoi sommes-nous réunis dans le couloir? s'enquit Sinclair, relevant la tête de ses notes pour la première fois de la soirée.

— Pour tenir Jessica au courant, voyons! rétorquai-je. Bref. J'ai pensé qu'on pourrait retrouver ma sœur et lui demander de ne pas s'emparer du monde. C'est une bonne idée, non? Au moins, cette journée catastrophique aura servi à quelque chose!

Marc se frotta les oreilles.

— Par où est-ce qu'on commence?

— Eh bien, on sait qu'elle est née ici, entre Minneapolis et Saint Paul, le 6 juin 1986.

— Le six, six, quatre-vingt-six? fit remarquer Tina. C'est intéressant.

— C'est nul, surtout! On se croirait dans un remake de *L'Antéchrist*! Quoi qu'il en soit, il nous suffit de trouver toutes les petites filles nées le six,

six, quatre-vingt-six. Combien peut-il y en avoir ? Une seule, je parie !

— Ce n'est pas la peine de hurler, protesta Marc. La porte n'est pas si épaisse.

— Tu crois que tu pourrais trouver le dossier du Thon ? Tu l'as mentionné quand on était chez elle.

Cette réunion commençait à me fatiguer. Pourquoi Sinclair refusait-il de me regarder ? Il était sans doute encore en colère à cause de l'autre nuit. Bien sûr, nous n'avions plus échangé un mot sur le fait qu'il ne s'était pas rendu compte que j'étais démoniaque. La situation commençait à m'énerver, mais je n'étais pas bien placée pour jouer les victimes.

— Marc ?!

— Putain, je t'ai entendue ! rétorqua-t-il en se frottant l'oreille. Oui, ça ne devrait pas être difficile.

— Qu'est-ce que tu fais de la confidentialité des documents ? demanda Tina.

— Qu'est-ce que tu dis ? criai-je. Tu veux connaître un moyen de déjouer la confidentialité des documents médicaux ?

Ils m'adressèrent un regard noir avant que Marc lui réponde.

— D'habitude, je n'aime pas fourrer mon nez dans les dossiers qui ne me regardent pas, mais pour trouver la fille de Satan et sauver le monde, je ferai une exception. Si Éric et toi venez avec moi, je suis sûr que les secrétaires nous laisseront passer sans problème.

— D'accord, acquiesça Tina.

— Vous voulez que je vienne aussi ? demandai-je d'une voix portante.

— Ce n'est pas nécessaire, dit Tina en s'éloignant. Nous nous en occuperons pour vous, Majesté. De plus… (Elle observa la porte close de la chambre de Jessica.) Vous avez d'autres problèmes à régler.

— Très bien. Au cas où vous vous poseriez la question, je vais vous raconter comment on en est arrivés là.

— Pour ma part, je commence à me demander combien de temps va durer cette réunion, marmonna Sinclair.

— Tout ça, c'est parce que Satan s'ennuyait en Enfer, et a décidé de prendre des vacances sur Terre ! Et a possédé le Thon pendant qu'elle était enceinte avant de s'en retourner en Enfer.

— Tu sais tout ça ? fit-il en relevant la tête.

— Oui ! C'est le *Livre* qui me l'a dit. Enfin, pas littéralement. J'ai commencé à le lire et le reste m'est apparu comme une évidence.

— Si je comprends bien, ta belle-mère a été le diable pendant presque un an ?

— Oui !

— C'est incroyable ! s'exclama Tina, les yeux écarquillés.

— Ce qui est incroyable c'est que personne ne s'est aperçu du changement… Pour tout le monde, ses actions semblaient parfaitement naturelles !

Qu'était donc ce bruit ? J'avais l'impression d'avoir entendu un rire étouffé de l'autre côté de la porte. Je tendis l'oreille. Rien. Je devenais folle.

— J'avoue que c'est une première pour moi, dit Marc, mais toi, tu n'as pas l'air surprise.

— J'ai grandi aux côtés de cette femme. Je suis bien placée pour savoir pourquoi Satan l'a choisie.

Ma voix commençait à fatiguer. Je parlais de nouveau normalement.

— Elle a perdu pratiquement une année de sa vie. Quand elle est revenue à elle, elle a dû paniquer, abandonner le bébé pour retrouver une vie normale. Puis, plus tard, elle a réussi à se faire épouser par mon père. Elle a finalement obtenu ce qu'elle désirait.

— Mais à quel prix ? s'enquit Sinclair.

Assis en tailleur sur ma droite, il m'adressa un regard presque brûlant pendant un instant, avant de reporter son attention sur ses notes, comme si de rien n'était.

— Oui…, acquiesçai-je, secouée. Bon, résumons : Satan est retourné en Enfer, le Thon a brisé le mariage de mes parents, ma sœur a été livrée à une famille d'accueil et maintenant, je dois la retrouver avant qu'elle s'empare du monde.

— Un projet intéressant, fit remarquer Tina en couvrant d'une main son sourire naissant.

— Si je peux me permettre, intervint Sinclair, ta sœur a pour destinée de régner sur le monde. Tu as lu le *Livre* toi-même : il ne laisse pas vraiment de place au doute. J'ai bien peur que nous ne puissions faire quoi que ce soit pour empêcher la fille du diable d'accomplir ses desseins.

— Ça ne m'empêchera pas d'essayer ! rétorquai-je. On ne peut pas rester les bras croisés !

Il haussa les épaules.

— Comme tu le désires.

Tout à fait, comme je le désirais. Si, en plus, il pouvait relever la tête de ses précieuses notes, peut-être que les choses redeviendraient normales. Qu'est-ce qui pouvait capter son attention de cette manière ? Son testament ? La liste des courses ? Je me penchai pour jeter un coup d'œil sur son écriture, mais il s'agissait d'une langue que je ne connaissais pas.

— Bien, la réunion est ajournée ! criai-je. Sauf si, bien sûr, quelqu'un a quelque chose à ajouter ? demandai-je en espérant voir la porte de Jessica s'ouvrir.

Non. Tant pis.

L'après-midi suivant, je passai voir ma mère à son bureau à l'université. Tina n'était pas encore levée, Jessica m'évitait toujours, Marc avait disparu et si je restais exposée plus longtemps à la froideur de Sinclair, je risquais d'avoir des engelures.

Nous allions découvrir dans la soirée si les recherches de Tina et Marc avaient été fructueuses. Mais d'ici là, l'attente me rendait dingue… Toute cette situation, en fait.

Alors, comme n'importe quel vampire qui se sent seul et vulnérable, j'avais besoin de ma maman.

Elle occupait le même bureau miteux depuis vingt ans. Manifestement, les promotions n'incluaient pas de budget déco. J'y arrivai en un rien de temps. « DR ÉLISE TAYLOR, DÉPARTEMENT D'HISTOIRE » était écrit sur la vitre de la porte. La guerre de Sécession était sa spécialité, en particulier la bataille d'Antietam. Je peux vous assurer que je connaissais déjà le sujet par cœur avant d'avoir atteint l'âge de dix ans !

Je l'entendis parler depuis le couloir bien avant d'apercevoir sa silhouette par la porte entrouverte. Elle semblait se disputer avec un collègue :

— Je n'irai pas et tu ne peux pas m'y obliger, Bob.

Alors, elle se rendit compte de ma présence. Elle écarquilla les yeux, stupéfaite. Des mèches de cheveux blancs s'échappaient de son chignon d'habitude parfait. C'était son look « je viens de faire cours à des étudiants spécialisés en guerre de Sécession ». Elle referma aussitôt la porte sur ce pauvre Bob et accourut vers moi.

— Betsy ! Tu es réveillée ! s'exclama-t-elle en jetant un coup d'œil par la fenêtre avant de se tourner de nouveau vers moi. Mon Dieu ! Qu'est-ce que tu fais debout ?

— Surprise ! m'écriai-je à mon tour en lui tendant les bras.

Elle vint se serrer contre moi. Je faisais une tête de plus qu'elle depuis mes douze ans.

— J'avais envie de passer te dire bonjour.

— Tu sais bien que j'adore quand tu viens me rendre visite. Que s'est-il passé ? Est-ce à cause de ton statut de reine ? Oh ! (Elle mit une main devant sa bouche.) Maintenant que j'y pense… Ça veut dire que tu peux assister à la petite fête d'Anthonia !

Je souris.

— Merci. Je n'y pensais plus du tout !

— Alors, qu'est-ce qui s'est passé ?

Je finis par lui raconter pratiquement toute l'histoire : la lecture du *Livre*, ma folie passagère, ce que j'avais fait à Jessica, Marc et Tina. Pas la peine de lui parler de Sinclair. Ma mère n'avait pas besoin de connaître les détails pathétiques de ma vie sexuelle. Et puis, elle aimait tellement Sinclair qu'elle m'en voudrait probablement. J'éludais également le sujet de la fille de Satan. Ma mère était ouverte d'esprit, mais mieux valait l'informer au compte-gouttes.

— … et Jess persiste à me fuir. Elle s'enferme la nuit pour dormir maintenant, alors qu'avant elle restait debout pour vivre au même rythme que moi. Cette fois, j'ai vraiment fait une grosse connerie, maman – si tu veux bien me passer l'expression. Et le pire dans tout ça, c'est que c'est entièrement ma faute. Sinclair m'avait mise en garde à propos du *Livre*, mais je ne l'ai pas écouté. Et Jessica… tout le monde en a payé le prix.

— Toi aussi, ma chérie, fit remarquer ma mère, d'un air compatissant.

Ah, l'amour maternel ! J'avais l'impression d'être entrée dans un sauna : j'avais chaud et un peu de mal à respirer.

— Tu le paies encore, d'ailleurs. Bien sûr, Jessica est en colère, mais vous êtes amies depuis le collège. Une petite agression n'y changera rien.

— Tu crois ?

— J'en suis persuadée, me répondit-elle. (Je me sentis un peu mieux.) Si votre amitié a survécu à la mort, elle survivra à ça. Continue à t'excuser. Tous les jours. Et puis, ressentir un peu de remords ne te fera pas de mal, ma chérie.

— Merci, maman.

— Si je comprends bien, Tina et Marc t'ont déjà pardonné.

— Apparemment. Tina ne m'en a jamais voulu. Marc est encore un peu tendu en ma présence, mais il me traite comme avant. Il n'y a que Jessica…

Et Sinclair. Pourtant, je ne pouvais pas me résoudre à lui parler de cet épisode navrant.

— Chérie, ce n'était pas ta faute, c'était celle de ce livre. Relié avec de la peau humaine et écrit avec du sang ? Il doit être ancien… prédatant probablement… eh bien, tout.

Ses yeux me regardaient sans me voir vraiment. Je connaissais cette expression.

— Je donnerais n'importe quoi pour… Vous le gardez dans la bibliothèque ?

— Maman, je te préviens. Si tu t'approches de ce truc, je le balance dans la cheminée. Je le ferai peut-être un jour, soit dit en passant. Pas touche au *Livre*, compris ? (Pour qu'elle sache que je ne rigolais pas, je la toisai de toute ma taille et brandis mon index sous son nez.) Pas de livre pour vous, ma petite dame !

— Betsy, tu ne peux pas faire ça ! dit-elle d'un ton sérieux et plein de reproches. (Ma mère n'appréciait pas particulièrement les autodafés.) Ce livre est inestimable. Pense à ce que nous pourrions…

— Inestimable, mon cul ! Ne t'en approche pas, tu m'entends ? Cette chose a toujours existé, et même Sinclair n'en a lu que quelques pages depuis tout ce temps… juste assez pour me torturer. Je ne plaisante pas, maman. Promets-moi que tu n'essaieras pas de l'ouvrir.

— Je le promets si tu promets de ne pas le brûler.

— D'accord, je te le promets. Et merci pour l'excuse que tu m'as trouvée, mais je ne peux pas mettre mon comportement sur le dos du *Livre*. Personne ne m'a mis un revolver sur la tempe pour que je le lise. C'était mon choix. Je regagnerai la confiance de Jessica toute seule.

— Dans ce cas, continue à t'excuser. Tu as plus de temps pour le faire, maintenant, fit-elle en regardant par la fenêtre.

Je penchai la tête pour la poser sur son épaule.

— Tu as raison. Je vais faire de mon mieux.

Tandis qu'elle me caressait le dos, nous observâmes côte à côte le soleil se coucher.

CHAPITRE 17

— Ça nous a pris du temps, dit Marc dans l'interphone pour bébé, mais on a réussi. Terminé.

— Ce n'est pas un talkie-walkie ! Alors arrête de te prendre pour un routier ! m'exclamai-je, exaspérée. Et ça ne vous a pas pris tant de temps que ça, d'abord ! Vous avez commencé hier soir, je te signale !

— Hé ! La prochaine fois, tu te débrouilleras toute seule pour localiser le mouflet du diable… qui s'appelle Laura, si ça t'intéresse !

Nous nous étions installés dans la cuisine, sans Jessica, pour partager les derniers scoops sur ma sœur perdue et fraîchement retrouvée. Comme mes trois compagnons n'avaient pas adhéré à l'idée des réunions devant la porte close de Jessica, Marc avait acheté un interphone pour bébé. Il l'avait déposé dans la chambre de Jessica le matin pendant qu'elle était sortie et que nous ronflions tous.

Visiblement, elle ne l'avait pas mal pris puisque l'appareil n'avait pas été retrouvé dans la poubelle de la cuisine.

Attendez une minute.

Laura ?

— L'enfant de Satan s'appelle Laura ?

— Laura Goodman, précisa Tina en riant.

— C'est ridicule.

— Pas plus qu'une reine des vampires qui s'appelle Betsy, commenta Sinclair.

S'agissait-il d'une remarque acerbe gentille ou acerbe tout court ? Sa colère contre moi commençait-elle à se calmer ? Et pourquoi est-ce que ça me préoccupait autant ? D'habitude, c'était moi qui lui faisais la tête.

Je devais admettre que l'inversement des rôles ne me plaisait pas beaucoup. Mais que pouvais-je y faire ? Quelque chose me disait que m'excuser d'avoir couché avec lui ne ferait qu'aggraver la situation. Et elle était assez compliquée comme ça, merci bien.

— Qu'est-ce que vous avez trouvé d'autre ?

Des tas de choses, apparemment : dix secondes seulement après avoir été abandonnée par le Thon (Dieu merci !), Laura avait été adoptée par le couple Goodman qui s'était installé avec elle à Farmington où elle avait grandi. Mieux, Laura était étudiante à l'université de Minneapolis et vivait dans un appartement à Dinkytown. Ma mère pourrait me donner un coup de main.

— Ce n'était même pas difficile de trouver tout ça, reprit Marc. (Il se tourna vers Tina.) Je me fais évaluer demain, tu m'accompagnes au boulot ?

Levant les yeux au ciel, elle rit de nouveau.

— Oh ! Marc !

— Je m'en doutais un peu, répondis-je.

J'avais le plus grand respect pour les pouvoirs sinistres de Tina. Hé ! Essayer de la tuer pouvait être vu comme une sorte de compliment ! Un compliment bien triste et ridicule.

— S'il existe quelqu'un capable de résister au charme de Tina, je ne l'ai pas encore rencontré !

— Ce n'était pas tout à fait une question de charme. Ils ont parlé très librement, en fait… de toute l'histoire : l'adoption, où elle se trouve à présent, ce qu'elle fait. J'ai même son numéro de téléphone.

— Génial !

Enfin, je crois. C'était une bonne chose, non ? Mais oui ! Il était temps pour moi de reprendre le contrôle de cette réunion… à supposer que je l'avais déjà eu.

— Maintenant, on n'a plus qu'à… quoi ? Aller la voir ? La pister jusqu'au tréfonds du royaume des Enfers… à Dinkytown ? Lui dire qu'on est sur l'affaire et qu'elle ferait mieux de ne pas poursuivre sa destinée, sinon… sinon quoi ?

— Une chose à la fois, répondit Sinclair. (Comme il parlait peu ces derniers temps, j'étais contente de l'entendre émettre un avis.) Nous devons d'abord la localiser.

— Ensemble ?

Il me transperça de son regard noir. C'était aussi agréable que ça en avait l'air.

— Tu ne devrais pas parler à l'enfant de Satan toute seule. Je t'accompagnerai, bien sûr.

— Bien sûr, acquiesçai-je en souriant.

Il n'eut aucune réaction.

— La réunion est suspendue, annonça Marc à travers l'interphone pour bébé. Terminé.

Chapitre 18

— Elle fait du bénévolat à l'église, m'exclamai-je. Oh ! Mon. Dieu ! Elle fait du bénévolat ! Pour l'église !

— Peu importe le nombre de fois que tu le répètes, fit remarquer Sinclair, ça ne changera pas la réalité.

Nous avions suivi un groupe de jeunes femmes pendant deux heures. Je ne savais pas laquelle était ma sœur. Il y avait trois blondes, deux brunes et même une blond vénitien. Elles avaient quitté l'université pour se rendre à Dinkytown – ma mère m'avait fourni l'emploi du temps de Laura… en allant à l'encontre d'une vingtaine de règles scolaires. À présent, elles étaient toutes dans l'église presbytérienne locale.

— Elles agissent en bande, observa Sinclair.

— C'est ce que font les filles de son âge. (De n'importe quel âge, en fait.) Elles forment des petites touffes. Comme les poils.

— Charmant.

Nous étions assis dans la Passat de Sinclair. Je sais, je sais… Pour le roi et la reine des vampires, se promener en Passat bleue paraissait un peu ridicule.

Mais il avait décidé de garder ses plus belles voitures – la Mustang ironiquement décapotable, la Spider, et toutes celles dont je ne connaissais pas le nom – au garage pour l'instant.

Peut-être ne s'en était-il servi auparavant que pour m'impressionner. Comme la parade nuptiale était terminée, il pouvait sortir la Passat.

Ridicule.

Pas vrai ?

— J'y vais, fis-je tout à coup.

Je m'attendais à ce qu'il me retienne, me prie d'être prudente, de ne pas y aller la tête la première, qu'il insiste pour attendre que le suppôt de Satan se trouve dans un endroit où il pouvait se rendre également.

Au lieu de ça, tout ce qu'il daigna me dire fut :

— Tu as raison. Nous devons en apprendre davantage sur cette jeune femme.

— OK, alors, j'y vais. Attends-moi ici, d'accord ?

— Oui, oui.

Il avait déjà reporté son attention sur l'église. J'aurais pu me déshabiller qu'il ne s'en serait pas aperçu.

— Hé ! Pourquoi est-ce que l'enfant du diable peut entrer dans un lieu sacré et pas toi ?

— Demande-le-lui, suggéra-t-il.

— Je vais essayer, marmonnai-je en descendant de voiture pour traverser la rue.

J'ouvris lentement la porte et entrai fièrement dans l'église, espérant que Sinclair me regardait. J'étais la reine, moi !

Mais encore une fois : pourquoi est-ce que la reine s'en souciait ? La reine était-elle dans son cœur une pauvre niaise qui s'acharnait à repousser un homme quand il lui montrait de l'affection, mais ne pouvait plus s'empêcher de penser à lui à l'instant où il se montrait froid et distant ? Et pourquoi la reine parlait-elle d'elle-même à la troisième personne, tiens ?

Peu importait tout ce que je lui reprochais, je devais avouer que je m'étais habituée à sa présence. Il s'inquiétait toujours pour moi et n'hésitait pas à se mettre en danger pour sauver les autres. Quand il ne passait pas son temps à me manipuler et à me cacher des choses, bien sûr.

Concentre-toi, idiote ! Je me rendis compte que je ne me trouvais pas dans la partie principale de l'église, celle avec les bancs. Non, il s'agissait d'une sorte de salle à manger avec des tables et des chaises. Les filles étaient assises dans le fond à discuter et rigoler. En me voyant, l'une d'elles – la plus grande, une jolie blonde – me fit signe avant de dire quelque chose à ses amies et de m'approcher.

Pas si vite ! Je n'avais pas encore trouvé d'excuse pour ma présence ici !

— Salut, dit-elle en souriant.

Elle portait une chemise blanche impeccable par-dessus un jean avec des mocassins. De vieux mocassins complètement déchirés, dégoûtants, sans chaussettes. Elle avait les cheveux longs et fins, un peu comme de la soie brute. Elle les avait retenus avec un serre-tête blanc. Ses yeux avaient exactement la même couleur bleu clair que le ciel et sa peau était tellement parfaite que c'en était agaçant : teint laiteux avec des touches de pêche, sans aucune tâche de rousseur. Pas de maquillage – elle n'en avait pas besoin.

Tandis qu'elle me souriait chaleureusement, dans ses vêtements banals, je compris qu'elle était de ce genre de filles qui n'ont pas conscience de leur beauté. Je dus rassembler tous mes pouvoirs de reine des immortels pour ne pas la détester sur-le-champ.

— Pourquoi nous suivez-vous avec votre ami ?

— Euh…

Parce que nous sommes le roi et la reine des vampires, et nous pensons que toi – ou l'une de tes amies –, en tant que fille du diable – ou encore pire, fille du Thon –, devrais être stoppée dans ta conquête du monde. Bienvenue dans la famille ! Maintenant, dégage.

— Nous… Nous cherchons Laura. Laura Goodman.

— C'est moi, répondit-elle en me tendant une main fine et pâle.

Pas surprise le moins du monde, je la lui serrai. Elle était trop grande – autant que moi –, trop jolie, trop parfaite. Après tout, le diable aime prendre une forme attirante, c'est bien connu…

— Que puis-je faire pour vous ?

— Eh bien… en fait, je…

— Laura ! l'interpella une fille du troupeau. Tu viens ? La fête ne va pas s'organiser toute seule !

— J'arrive, répondit-elle avant de reporter son attention sur moi. Vous disiez ?

— C'est assez privé. Tu es libre ce soir ? Ou demain ? On pourrait discuter autour d'un café…

— OK, dit-elle.

Elle n'émettait aucune onde de peur. Parfait. Elle semblait plutôt confiante… ou alors elle était tellement puissante que les gens comme moi ne pouvaient l'effrayer.

— Et si nous allions déjeuner demain ? *Chez Kahn* ?

— Ooooh ! J'adore *Chez Kahn* !

Hors de question ! Si je ne pouvais pas manger leurs délicieuses nouilles à l'ail avec du poireau et de l'agneau, je n'allais pas regarder quelqu'un le faire.

— Malheureusement, je ne suis pas libre au déjeuner.

— J'ai cours demain jusqu'à 16 h 30…

— Alors pourquoi ne pas nous retrouver au *Dunn Brothers* à 17 heures ? C'est juste au coin de la rue.

— D'accord. (Elle me serra de nouveau la main.) Contente de vous avoir rencontrée…

— Betsy.

— OK. À demain autour d'une tasse de café.

— Au revoir, répondis-je à ma sœur en la regardant s'éloigner vers ses amies.

— Alors c'est ça, l'affreuse bête démoniaque qui est destinée à régner sur le monde ? Le blond est sa couleur naturelle et elle est ridiculement belle : cheveux, visage, longues jambes fines, vêtements passables, horribles chaussures. Douce comme un agneau, pour l'instant. J'attends de la voir se transformer en démon… ça doit être quelque chose !

» Je n'ai pas remarqué de ressemblance avec le Thon ou mon père, à part le fait qu'elle soit grande et blonde comme moi. Mais ça ne veut rien dire. Après tout, on est au Minnesota, pas au Japon. Je ne sais pas. Je vais prendre un café avec elle demain pour essayer de percer à jour son côté démoniaque… Je crois que c'est tout.

J'éteignis l'interphone pour bébé avant de me souvenir de quelque chose et de le rallumer.

— J'ai failli oublier ! J'en ai aussi parlé à Sinclair. Comme le soleil ne sera pas totalement couché à 17 heures, il ne pourra pas venir avec moi. Ça n'a pas eu l'air de le gêner. Je suppose qu'il est toujours en colère, et je ne lui en veux pas. À toi non plus, d'ailleurs, ajoutai-je rapidement. Je n'arrive pas à arranger les choses avec vous deux. Et c'est bizarre… son attitude froide et distante me dérange. Et ça me dérange que ça me dérange. Je ne peux pas m'excuser, ni faire comme s'il ne s'était rien passé. Je crois… je crois que je ferais mieux de me concentrer sur autre chose. Oh ! Au fait, je vais manger chez ma mère après-demain. Elle a dit que tu pouvais venir aussi, si tu en avais envie.

Silence.

Après avoir éteint l'interphone, je montai me coucher.

Chapitre 19

L'enfant du diable – Laura Goodman, étudiante à Dinkytown – entra gracieusement dans le café *Dunn Brothers* à 17 h 02. Après m'avoir fait signe de la main, elle adressa quelques mots au barman – qui, je ne pus m'empêcher de le remarquer, bava littéralement en la voyant – et me rejoignit.

— Désolée, je suis en retard, me salua-t-elle en reprenant son souffle. (Elle me serra de nouveau la main.) Je suis terriblement désolée. Vous attendez depuis longtemps ? Je suis désolée.

— Aucun problème, Laura. Tu es pile à l'heure. (Son inquiétude paraissait tellement sincère que je me dépêchai de la rassurer.) Assieds-toi.

— Merci. J'ai commandé un chocolat chaud.

— Tu n'aimes pas les boissons un peu plus fortes ? demandai-je en désignant mon double Mocha avec supplément de crème.

— Oh ! J'essaie de ne pas boire de caféine après le déjeuner, répondit-elle. Je me lève tôt le matin pour travailler.

— Tu as aussi un travail ?

— Aussi ? Ah oui ! C'est vrai.

Elle me sourit d'un air qui n'était ni sournois ni moqueur, ni même entendu. Son expression était simplement plaisante.

— Vous m'avez suivie la moitié de la soirée, hier.

— Euh… oui, admis-je. Pas la peine de te mentir.

— Mon père dit que les menteurs finissent par croire leurs propres mensonges, donc c'est une bonne chose de ne pas me cacher la vérité.

— Euh oui, ton père… Euh, écoute, à ce propos…

Elle se pencha en avant pour me prendre la main avant de la relâcher tout à coup.

— Mon Dieu ! Vous avez les mains froides ! Vous devriez prendre une autre boisson chaude !

— Désolée, j'ai une mauvaise circulation sanguine.

— Non, c'est moi qui suis désolée. J'espère que je ne vous ai pas mise mal à l'aise. Je n'aurais pas dû m'emporter comme ça.

— Ne t'en fais pas, Laura.

Elle était trop gentille pour être vraie ! Bien sûr, les gens du Minnesota avaient bonne réputation, mais Laura, elle, faisait partie d'une classe à part. Une classe à elle toute seule.

— Écoute…

Elle se pencha de nouveau, le visage rayonnant.

— C'est à propos de ma famille, c'est ça ? Ma famille biologique ?

Elle s'interrompit avant de reprendre :

— Pardon, je vous ai coupé la parole.

Je la dévisageai, surprise.

— Tu es au courant ?

— Eh bien…

Le barman lui apporta une tasse de la taille de ma tête, débordant de crème fouettée nappée de sirop de chocolat. Elle lui sourit avant de prendre le plus gros chocolat chaud du monde entre ses mains.

— J'ai réfléchi après vous avoir quittée, hier soir. Vous êtes grande… comme moi, même si vous me dépassez de quelques centimètres. C'est la première fois que je rencontre une femme plus grande que moi. Et vous êtes blonde, et nous avons toutes les deux les yeux clairs… et vous êtes mystérieuse et gentille à la fois… Ça m'a fait réfléchir.

— Donc, tu sais que tu as été adoptée ?

— Bien sûr ! Papa et maman m'ont toujours dit la vérité… qu'ils m'ont choisie parmi tous les bébés du monde. (Son sourire en disait long sur son bonheur à l'évocation de ce souvenir.) Dieu m'a confiée à eux.

— C'est ça. (*Dieu ! Mais bien sûr !*) De mon côté, je n'ai appris ton existence que récemment. Cette semaine, pour être précise. Alors, j'ai décidé de jouer au détective.

Avec des vampires. Et à l'aide d'un certain livre relié avec de la peau humaine. Rien à voir avec de la chimie.

— Je t'ai retrouvée et… je ne sais pas. (Je ne savais vraiment pas pourquoi je faisais tout cela.) Je suppose que je voulais simplement te rencontrer…

— Vous êtes ma sœur, pas vrai ?

— Demi-sœur, la corrigeai-je rapidement.

Je n'avais pas le sang du Thon ou du diable dans les veines, moi !

Biologiquement, Laura était la fille du Thon, mais sans l'intervention de Satan, elle ne serait jamais née. Cette pensée me donnait envie d'attraper une plaquette d'Advil.

— Nous avons le même père.

Et crois-moi, Laura, j'en suis terriblement désolée.

— Je suis tellement contente de te rencontrer ! s'exclama-t-elle en se jetant impulsivement dans mes bras. (Je faillis lui casser le bras avant de comprendre qu'elle n'essayait pas de m'attaquer.) Je peux te tutoyer, pas vrai ? Je suis tellement contente ! poursuivit-elle.

Elle était si proche que je pouvais sentir… de la vanille ? J'avais remarqué cette odeur plus tôt, mais je pensais qu'elle venait du café.

— Merci, répondis-je en me dégageant doucement. Je suis heureuse de te rencontrer aussi. On t'a déjà dit que tu sentais le biscuit ?

— J'utilise de l'extrait de vanille en guise de parfum. Ce n'est pas cher et ce n'est pas testé sur les lapins, m'expliqua-t-elle sérieusement.

— Pas bête !

— On me le dit souvent. (Elle prit une gorgée de chocolat chaud avant de poursuivre, sans se soucier de sa moustache de crème fouettée.) Je vais à l'université grâce à une bourse. Qu'est-ce que je peux te raconter ? Qu'est-ce que tu veux savoir ?

— Comment sont tes parents ?

Elle s'essuya la bouche avec le dos de la main, puis se frotta avec une serviette.

— Ils sont merveilleux. Papa est pasteur à l'église presbytérienne d'Inver Grove...

— Ton père est pasteur ? (Je tentai de dissimuler mon choc et ma surprise. Avec le diable dans l'équation, je m'attendais à tout sauf ça.) C'est... vraiment cool !

— Oui ! Et maman s'occupe de la maison et de moi. Elle a repris ses études aussi ! Maintenant que je n'habite plus avec eux, elle en profite pour passer son diplôme d'infirmière. On va dans la même université ! Il faut à tout prix que tu viennes à la maison. Ils seront ravis de te rencontrer !

— Je serais... (tout à fait mal à l'aise, pas du tout à ma place, ce n'est pas du tout le moment...) très contente de les voir !

— Et toi, Betsy ? Qu'est-ce que tu fais dans la vie ?

Dieu m'en soit témoin, je ne savais pas du tout quoi dire. Je ne pouvais pas tout lui avouer d'un coup. Elle était tellement gentille que je ne voulais pas gâcher sa soirée. Sa journée. Son mois. Sa vie. Autant y aller petit à petit.

— Je… Je m'occupe d'une boîte de nuit. Un bar, pour être exacte. Le *Scratch*. Il m'appartient.

— Il t'appartient ?

— Disons plutôt que j'en ai hérité… de quelqu'un… (qui a fini embroché). Bref, c'est ce que je fais.

Il n'y avait rien d'étrange là-dedans, pas vrai ?

— J'aimerais y aller, un jour.

— Je t'y emmènerai peut-être. (Ah ! La fille du diable visitant ma boîte de nuit pour immortels !) Tu n'as pas l'air… Je veux dire, tu n'as pas l'air choqué par la tournure des événements.

Je devais admettre que je ne m'y attendais pas. Je pensais plutôt recevoir des menaces… des menaces de mort à vous glacer le sang. Rien à voir avec l'idée de boire un bon café à Dinkytown. Le *Livre* m'avait mise en garde à son sujet sans mentionner son innocence.

— Maman et papa m'ont toujours parlé librement de mon passé, m'expliqua-t-elle.

Si tu savais, ma jolie…

— Ah oui ?

— Maintenant que je n'habite plus chez eux, je comptais faire des recherches de mon côté. Bien sûr, j'aime mes parents, mais je suis curieuse, tu comprends ? Je n'ose pas poser trop de questions devant eux de peur de me montrer irrespectueuse.

— Je peux comprendre.

Elle me sourit d'un air reconnaissant.

— Quoi qu'il en soit, tu m'as évité bien du travail !

Elle était si gentille, si agréable que je ne pus m'empêcher de lui rendre son sourire.

— Je suis tellement contente de t'avoir rencontrée !

— Moi aussi, je suis heureuse.

— J'ai toujours voulu avoir une sœur.

— Pour tout te dire, moi aussi. Mes parents se sont séparés quand j'étais enfant…

— J'en suis désolée.

— Merci. Je me sentais vraiment seule. Si je n'avais pas eu mon amie Jess, je ne sais pas ce que…

Parler de Jessica me donna envie de pleurer. Comment pouvais-je dire la vérité à Laura… lui raconter quoi que ce soit ? J'avais agi comme un monstre, elle-même était censée en être un… et, au fait, si tu pouvais éviter de dominer le monde…

— Nous nous sommes disputées récemment, expliquai-je vaguement.

— Si je peux me permettre… J'espère que tu ne te sentiras pas offensée…

— Vas-y. Après tout, c'est moi qui suis venue te chercher.

— Eh bien… quand tes parents se sont séparés… était-ce ma faute ?

— Oh ! non, non, non ! la rassurai-je avant d'ajouter : bon OK, peut-être un petit peu. Mais ce n'était pas vraiment ta faute. Tu n'étais qu'un fœtus à l'époque. Quand ma mère a eu la preuve que mon père la trompait, les choses n'ont fait qu'empirer, c'est tout.

— Oh ! fit-elle en baissant la tête. Je ne sais pas trop comment je dois réagir. Je suis désolée d'apprendre que mon père biologique a été infidèle, mais si ça n'avait pas été le cas…

— Ne te prends pas la tête, lui conseillai-je en jouant à la grande sœur. Crois-moi, tu feras assez d'erreurs dans ta vie sans porter en plus les fardeaux des autres.

Elle releva la tête pour me sourire.

— Je suis vraiment… Oh ! Mon Dieu ! Qui est-ce ?

Je me retournai. Éric Sinclair venait d'entrer… mais sûrement pas pour commander un café, pariai-je. Je me rendis alors compte que le soleil s'était couché pendant que nous discutions.

— C'est mon… (J'observai de nouveau la beauté parfaite de Laura, la façon dont elle admirait Éric, et me souvint – comme si j'avais pu l'oublier – la façon dont il m'ignorait récemment. La décision ne fut pas difficile à prendre.) Mon petit ami.

Sauf que ce n'était pas tout à fait vrai. Le *Livre des Morts* en faisait mon consort, mon mari, mon roi, alors que moi, j'avais toujours pensé le contraire : il n'était rien pour moi, un vampire parmi tant d'autres dans cette ville qui en était infestée.

— Ton petit ami ?

— Oui, c'est du sérieux.

Je savais que je creusais ma propre tombe. Pourtant, malgré la gentillesse de Laura, je ne tenais pas à ce que la fille du diable sache que le roi des vampires était disponible. Et vice versa.

— Elizabeth.

Tout à coup, Éric se retrouva près de notre petite table à côté de la fenêtre. Je faillis renverser mon café en sursautant. Il tenait un grand gobelet à la main, duquel dépassait une paille. Ça sentait la fraise. C'était un grand amateur de smoothies.

— Salut, Sin… Éric. Euh, Éric, je te présente ma sœur, Laura. Laura, voici…

Haussant un sourcil, il attendit que je poursuive.

— Éric, terminai-je.

La pause n'était pas du tout étrange, n'est-ce pas ?

— Enchanté, dit-il.

— Salut, répondit-elle, charmée. (Quand elle lui serra la main, elle eut un hoquet de surprise.) Vous avez vraiment la peau très froide tous les deux ! Vous allez bien ensemble !

— C'est vrai, admis-je. C'est pour ça qu'on est parfaits l'un pour l'autre : les mains froides. Laura et moi faisions connaissance.

— Rapprochez une chaise, lui proposa-t-elle. Vous sortez ensemble depuis longtemps ?

Sinclair sembla perplexe. Je ne pouvais pas lui en vouloir. Nous avions fait beaucoup de choses ensemble, mais rien qui puisse être assimilé à un rendez-vous amoureux.

— Six mois, répondit-il en s'asseyant. Tu sens le biscuit.

— Elle utilise de l'extrait de vanille comme parfum, expliquai-je. C'est meilleur pour nos amis les animaux.

— Ah oui ! Nos amis les animaux ! (Il sembla à peine écouter mon explication.) Laura Goodman… Je dois admettre que c'est un nom charmant pour une charmante demoiselle.

— Éric est vieux, l'interrompis-je. Très, très vieux.

— Ah… oui ? demanda Laura. Pourtant, vous n'avez pas l'air d'avoir plus de trente ans !

— Lifting ! Il est accro à la chirurgie esthétique. J'essaie de le faire soigner, ajoutai-je sous leurs regards inquisiteurs.

— J'étais en train de dire à Betsy que mes parents adoreraient la rencontrer. Vous devriez venir, vous aussi.

— J'en serais ravi, Laura.

— Ouais, marmonnai-je en les regardant se dévisager au-dessus de leurs boissons. Ce serait vraiment génial.

Chapitre 20

— Je suis désolée de vous déranger pour ça. (C'était la troisième fois qu'Alice s'excusait.) Mais j'ai pensé que vous voudriez être mise au courant.

— Aucun problème, Alice. Ce n'est pas ta faute. Ce ne sont pas des animaux, ce sont des personnes. On ne peut pas continuer à faire comme s'ils n'avaient pas un cerveau humain. J'aurais dû m'en rendre compte bien avant.

— Vous n'êtes pas en faute, Majesté. Je suis la seule à blâmer. Je…

— Il faut les retrouver et les tuer une bonne fois pour toutes, intervint Sinclair, l'air ennuyé.

— On en a déjà discuté, rétorquai-je.

— Sans blague.

Je n'avais jamais été d'accord avec son obsession de tuer tous les Monstres, mais son expression blasée ne me plaisait pas davantage.

— Je ne parle pas de tous, précisa Alice. Il n'y en a qu'un seul…

— Laisse-moi deviner : George ?

— Oui, madame.

— Génial…

Il ne manquait plus que ça pour rendre la nuit parfaite ! La fille de Satan était une crème, Sinclair donnait l'impression de vouloir y goûter, je vivais un véritable enfer et George n'avait rien trouvé de mieux à faire que de prendre la poudre d'escampette.

— Vraiment parfait !

— Nous allons le retrouver, madame.

— OK. Appelle-moi s'il revient tout seul.

— Sur-le-champ, votre Majesté.

— On va rester sur nos gardes. En attendant, il faut réfléchir à un moyen de l'empêcher de recommencer. Les autres n'ont pas l'air de vouloir s'échapper. George est le seul qui nous pose problème. Alors essayons de découvrir ce qui ne va pas pour l'amener à rester sur la propriété. Ce n'est sûrement pas le meilleur plan au monde, mais c'est un début.

— Oui, Majesté.

— Génial, répondit Sinclair avec un sourire crispé.

— Pourquoi est-ce que tu me suis partout ? demandai-je. (Nous étions rentrés à la maison avec nos voitures respectives, et je m'employais à lui prendre la tête sur la pelouse de devant.) Comme si m'occuper du suppôt de Satan n'était pas assez stressant sans que tu apparaisses comme un diable à ressort avec des canines.

— Je ne t'ai pas suivie, rétorqua-t-il froidement. Je la suivais, elle.

Mince. J'avais peur que ce soit le cas.

— Pourquoi ?

— Il s'agit d'une créature fascinante. Je n'ai pas eu l'impression qu'elle mentait. Et toi ?

— N…

— Toute cette puissance potentielle, ce pouvoir de bâtir des mondes, dans un aussi bel emballage. Une adorable jeune femme qui n'a aucune idée des pouvoirs démoniaques qu'elle possède. (Il se frottait pratiquement les mains.) Tant de possibilités… Si je pouvais seulement…

— Si nous, l'interrompis-je. Si nous pouvions seulement.

— Oui, oui. Quel dilemme !

— Fantastique, marmonnai-je sans laisser transparaître mon amertume. (Ou presque.) Occupons-nous d'une chose à la fois. Nous devons arranger les choses avec Jessica et retrouver George.

— Comme tu me l'as si bien fait comprendre par le passé, me rappela-t-il, ce sont tes problèmes, pas les miens.

L'espace d'un instant, je demeurai muette. J'avais l'impression qu'une main glacée s'était saisie de mon cœur. Pendant six mois, je n'avais cessé de le repousser. Pourtant, maintenant que j'avais réussi, je me sentais mal. Ce qui était franchement tordu.

Plus que triste, j'étais en colère. Bien sûr, j'avais merdé. Mais il avait quatre-vingts ans ! Qu'il n'essaie pas de me faire croire qu'il n'avait jamais fait d'erreur pendant toutes ces années !

Quand j'eus retrouvé ma voix, j'entrai directement dans la mêlée. Tout pour ne pas avoir l'impression d'être la plus grosse niaise du monde.

— Écoute-moi bien, connard. Tu ne pourrais pas t'arrêter de bouder cinq minutes pour m'aider, putain ? C'est trop demander ? Si tu n'arrives pas à admettre que tu m'en veux, essaie au moins d'être fidèle à ton côté démoniaque ! Tu ne peux pas tout avoir.

Il me dévisagea d'un air détaché.

— Tu serais… étonnée par tout ce que je peux avoir, dit-il avant de se détourner.

Je l'attrapai par la manche pour le retenir.

— Tu n'as pas intérêt à t'enfuir, tu…

— Tu as entendu ? demanda-t-il en se dégageant sans aucun problème. Il y a…

Il n'eut pas le temps de finir sa phrase qu'il fit un vol plané sur deux mètres.

— Éric ! m'écriai-je comme toute bonne héroïne inutile de l'histoire du cinéma. (Je m'élançai dans la direction de la créature qui l'avait attaqué.) Lâche-le !

Et merci, au fait !

Je tentai de l'attraper par la nuque, à supposer qu'elle en avait une, quand tout à coup, elle relâcha Sinclair et se leva.

Encore. Et encore. Elle était très grande, même avec le dos courbé.

Des mèches de cheveux sales lui collaient au visage et ses habits (jean taché et tee-shirt d'une couleur indéfinissable) étaient en guenilles. Pieds nus. Orteils dégoûtants.

— George ! m'exclamai-je.

— Comme c'est charmant, marmonna Sinclair en se relevant et en époussetant ses vêtements. (Il avait des feuilles dans les cheveux, mais je n'avais pas l'intention de lui faire la remarque.) Je suppose qu'il nous a suivis. Ou qu'il t'a pistée.

— Pistée ? Moi ?

— Ces créatures te sont étrangement attachées, au cas où tu l'aurais oublié. Ils ont tué Nostro pour toi, siffla-t-il d'un air méprisant.

Comme si je pouvais oublier un détail pareil !

— La ferme, gros naze ! George, tu as été très vilain en t'échappant ! (J'agitai le doigt sous son nez. La façon dont il le suivait de ses yeux terreux était déconcertante.) Très vilain ! En revanche, c'est très bien de sauter sur Sinclair quand il se comporte comme un idiot. Alors, on va dire qu'on est quittes pour cette fois.

— Quoi ? grogna Sinclair. Comment est-ce que tu peux dire… ?

— Toi, ferme ton clapet, je t'ai dit. Tu sais quoi, George ? On va appeler Alice et lui demander de venir te chercher. Gentil Monstre, gentil.

— Non, non, non, intervint Sinclair.

Au moins, il montrait de nouveau de l'intérêt… un intérêt qui ne me menaçait pas personnellement.

— Et pendant qu'on attend, tu peux aller prendre une douche.

— Elizabeth, je me dois d'intervenir !

— Vraiment ?

— Absolument.

— Tu détestes cette idée, pas vrai ?

— Au plus haut point.

— Tant pis pour toi.

J'attrapai la main sale et froide de George qui me suivit gentiment.

Chapitre 21

Je n'osai pas l'amener dans la partie principale de la maison. Jessica et Marc s'y trouvaient sûrement et je ne faisais pas assez confiance à George… Pas question de faire un remake de *La Guerre du feu*. Alors, je le fis directement entrer au sous-sol avant de l'aider à se déshabiller et de le mettre sous la douche.

Il sembla aimer ça, même si le sous-sol était sombre et glauque. Après s'être tenu quelques instants immobile, il s'étira un peu sous l'eau chaude. Je pris le risque de le laisser seul un moment pour aller emprunter des vêtements à Marc. Comme il était en train de se raser, il ne remarqua pas ma présence. Je lui expliquerais la situation plus tard.

Quand je retournai au sous-sol, George secouait la tête sous le jet et ses longs cheveux volaient dans tous les sens. Je le regardai s'amuser encore dix minutes. Je n'avais pas le cœur d'arrêter la douche. Le voir ainsi propre et presque heureux me donna un aperçu de l'homme qu'il avait été.

Une fois les couches de boue retirées, il n'était pas désagréable à regarder, d'ailleurs. Grand, élancé, musclé, avec un dos large et de jolies fesses bien fermes. Son visage était pâle, bien sûr, mais avenant. Il avait des lèvres très fines. En fait, il ressemblait à un nageur : membres longilignes et grands pieds. Et gros… euh, trucs. J'essayai de rester objective.

— Alors ? Pourquoi est-ce que tu m'as suivie ? demandai-je.

Pas de réponse. Surprise.

— C'est étrange, ajoutai-je, mais mignon, en un sens. Tu as sûrement pensé que Sinclair me voulait du mal. (Je faillis ricaner en me souvenant de l'expression de Sinclair quand George lui avait sauté dessus.) Alice arrive. Tu vas bientôt rentrer à la maison.

Comme l'eau commençait à se rafraîchir, je l'éteignis et enroulai George dans une énorme serviette de plage. À la manière détachée d'une infirmière, je le séchai rapidement et l'aidai à enfiler la blouse et le pantalon de travail de Marc. Puis, je le coiffai. Sous la lumière, ses cheveux bruns, longs jusqu'aux épaules, avaient des reflets blonds. Étrange. Les cheveux des vampires n'étaient pas censés pousser. Ils étaient sans doute déjà longs à sa mort. Qu'avait-il été ? Batteur dans un groupe de rock ? Pilote de moto ?

— Voilà ! m'exclamai-je en reculant pour admirer mon travail. Tu es tout beau ! Maintenant, si tu pouvais résister à l'envie de te rouler dans la boue, tu pourrais presque passer pour une créature de la nuit ordinaire.

— Majesté ? m'appela Alice. (Je n'avais pas entendu sa voiture arriver à cause du bruit de la douche.) Le roi m'a dit que vous seriez ici.

— Oui. Tu peux descendre.

Elle descendit les marches précautionneusement, de peur qu'on la sermonne. J'avais beaucoup de mal à faire comprendre aux vampires que je n'étais pas Nostro avec des mèches rouges.

— Regarde qui j'ai trouvé ! Il est pas beau, comme ça ?

Elle le dévisagea.

— George ?

— Lui-même ! répondis-je en levant la main très haut pour lui ébouriffer les cheveux. Il a dû me suivre jusqu'ici. Ou pister mon odeur. Si tu l'avais vu tacler Sinclair ! C'était génial ! Irrespectueux, ajoutai-je d'un air faussement sévère, mais grandiose !

— Majesté, je tiens de nouveau à m'…

— Alice, pour la énième fois : je sais très bien que tu es débordée. Il est temps que j'engage quelqu'un pour t'aider.

À quel autre vampire pouvais-je faire confiance pour un boulot aussi fastidieux qu'important ? Peut-être un employé du *Scratch* ?

— Il a l'air… (Elle lui tourna autour, ce qui était plutôt amusant vu qu'elle avait dû entrer dans la douche pour le faire.) différent. Je ne parle pas seulement de sa propreté. Il a déjà été lavé.

— C'est sûrement à cause de la blouse, fis-je remarquer. Elle lui donne l'air intelligent.

— Non, avec tout le respect que je vous dois, je ne pense pas que ça vienne de là.

Elle nous dévisageait tour à tour, George et moi. J'attendais d'entendre sa théorie. Alice ressemblait à une jeune fille timide de quinze ans avec sa jupe écossaise et son serre-tête. Pourtant, en réalité, elle en avait cinquante. Et elle était tout sauf idiote.

— Bon, très bien.

Quoi ? C'était ça, sa grande théorie ?

— Nous avons suffisamment abusé de votre temps, ce soir, Majesté. Allez viens, George !

Quand elle l'attrapa par le bras, il se dégagea si rapidement qu'elle faillit tomber dans la douche. Il ne grogna pas, mais lui montra les dents.

— Oh, oh ! murmura-t-elle.

— Peut-être qu'il veut rester ici avec moi, dis-je, un peu surprise.

— Ses intentions sont plutôt claires, mais si vous m'aidiez à l'emmener jusqu'à ma voiture…

— Tu sais quoi ? Je vais le garder ici.

— Majesté ! Vous vivez en pleine ville. Je ne suis pas sûre qu'il soit sage de…

— Il a eu l'occasion d'attaquer, mais il ne l'a pas fait. Même à Sinclair, il n'a rien fait d'autre que le repousser. Je sais ! Je vais le nourrir avec mon sang, comme ça, il pourra rester quelques nuits dans le sous-sol.

— Vous allez le nourrir de votre sang ?

La réaction d'Alice ne m'offensa pas. Après tout, dans la communauté vampirique, tout le monde savait que je rechignais à donner mon sang. Il n'y avait qu'avec Sinclair que je me sentais à l'aise pour ce genre de choses.

Mais avec Sinclair, c'était terminé ! Le passé ! Je devais aller de l'avant, pas en arrière. Et pendant que j'y étais, que Jessica aille se faire voir aussi ! J'avais deux nouveaux amis : le rejeton du diable et George le Monstre.

L'idée était tellement ridicule que je la repoussai dans un coin de mon cerveau. Au lieu de ça, je me mordis le poignet jusqu'à faire couler mon sang stagnant et le tendis à George.

— Fa devrait le faire.

Ma vie n'est pas horriblement bizarre. Ma vie n'est pas horriblement bizarre. Ma vie…

— Je dois avouer, commenta Alice (dont les cheveux roux semblaient étinceler en contraste avec les briques lugubres du sous-sol), que lorsque je me suis levée ce soir, je n'aurais jamais pensé que les événements prendraient cette tournure.

— Doufement, mon gros ! (George s'était saisi de mon poignet pour y lécher mon sang comme un enfant avec une glace.) F'est une furprise de faque inftant.

Quand Alice partit à contrecœur, je réussis à récupérer mon bras et à confectionner, avec un tas de serviettes propres, un nid douillet à George dans une pièce sans fenêtre du sous-sol. En retournant à l'étage pour chercher un coussin, je me rendis compte que le ciel avait pris sa teinte grise habituelle. Je me dépêchai de redescendre, saisissant une couverture en laine au passage dans une armoire à linge. George s'était déjà endormi sur les serviettes.

Je lui laissai le coussin, puis fermai la porte à clé avant de me diriger vers ma chambre. Ne pas confondre compassion et négligence.

La nuit n'avait pas été ordinaire. C'était le moins que l'on puisse dire. Elle avait eu de bons et de mauvais côtés… mais cela avait été un défi de chaque instant.

Chapitre 22

— Et c'est super bizarre ! fis-je à travers l'interphone pour bébé. Elle n'a rien de la créature démoniaque prête à dominer le monde. C'est une étudiante modèle. Elle reçoit même la bourse du mérite ! Elle veut travailler dans une crèche ! Si tu lui coupes les veines, je suis sûre qu'elle saigne du miel, tellement elle est gentille !

» Bref. D'un côté, c'est un soulagement, mais de l'autre autre, je ne peux pas la laisser se promener dans la nature comme ça, inconsciente de son potentiel maléfique. Je ferais mieux de tout lui dire. Un jour. Comment est-ce qu'on annonce à quelqu'un que sa mère est le diable ? Déjà que le Thon, ce n'est pas un cadeau…

» Et n'oublions pas ce que le *Livre* m'a dit. Le diable va faire son apparition. Elle… Enfin, je suppose que c'est une femme… Elle se dévoilera à Laura, la pauvre, et à moi. « Sous le couvert de la nuit. » Peu importe ce que ça signifie. En tout cas, je vais devoir aborder le sujet avec Laura, pas vrai ?

Silence. Jessica écoutait-elle grâce à l'interphone pour bébé ? Je n'avais aucun moyen de le savoir. Sa voiture était garée dans le garage, mais cela ne signifiait pas qu'elle se trouvait dans sa chambre.

— Voilà, terminai-je. Tu sais tout ce qui s'est passé. Oh ! Et j'ai installé un Monstre dans le sous-sol, donc n'y descends surtout pas pendant la journée. Non, en fait, n'y va jamais, c'est plus sûr. Si tu as envie de rencontrer Laura, dis-le-moi. Elle est vraiment adorable. Elle m'a invitée à dîner un de ces soirs. Avec Sinclair, malheureusement, mais je m'en occuperai plus tard. Bye bye !

Après avoir éteint l'interphone, je restai un instant assise au bar de la cuisine pour réfléchir. Tina entra alors dans la cuisine et me salua respectueusement. Perdue dans mes pensées, je me contentai de lui faire un vague signe de la main.

Jessica était toujours en colère contre moi… pire, elle avait peur. Nous nous étions déjà disputées, mais c'était la première fois qu'elle se cachait pendant des jours – et des nuits. D'habitude, elle se contentait de m'énumérer toutes mes erreurs d'une voix portante et n'hésitait pas à recommencer, si nécessaire.

Ma sœur se promenait sur le campus de l'université du Minnesota, sans savoir qu'un de ces jours, elle essaierait de conquérir le monde. Le regard de Sinclair continuait à me donner des engelures. Le Thon était toujours enceinte. Marc semblait la seule personne de cette maison à n'avoir pas changé son comportement mais, à bien y réfléchir, avec son emploi du temps, il n'avait jamais été très présent.

Mon chat, Giselle, pénétra dans la cuisine sans nous prêter la moindre attention et se dirigea directement vers son écuelle. Je n'essayai même pas de la caresser ou de la prendre dans mes bras. Désormais, nous n'étions plus que des collègues. Je travaillais pour la nourrir et elle faisait de son mieux pour m'éviter. Et puis, dans une maison de cette taille, des jours pouvaient s'écouler sans que je la voie. Je m'assurais simplement qu'elle avait de la nourriture et de l'eau. Elle buvait, mangeait et faisait sa vie de son côté.

Au moins, sa vie à elle n'avait pas été bouleversée.

— C'est la merde ! m'exclamai-je. Pour changer.

— Je suis désolée de l'apprendre, Majesté, répondit Tina en levant la tête de son magazine *Chasse et pêche*. (Elle avait une passion pour les armes à feu.) Je suis persuadée que vous trouverez un moyen de remettre les choses dans l'ordre.

— Dans l'ordre ? Tina, ça n'a jamais été le cas.

— Je me suis mal exprimée, admit-elle en tournant une page.

Je pouvais lire le titre à l'envers : « Chasser l'antilope dans la plaine ».

— Et je ne sais pas pourquoi, j'ai l'impression d'oublier quelque chose. (Je réfléchis encore et encore.) Qu'est-ce que ça peut être ?

Monique ? Morte. Sœur ? Amie. *Scratch* ? Toujours dans le rouge. Ça me fit penser aux tueurs de vampires acnéiques que Monique avait engagés pour m'éliminer, l'été précédent. Pour être franche, je les avais oubliés dès qu'ils avaient arrêté d'essayer de me couper la tête.

— Que deviennent les Lames de la Justice, ces temps-ci ?

— Jon est toujours chez ses parents, à la campagne. Bill est à une convention de science-fiction en dehors de la ville. Les autres, je n'en ai pas la moindre idée, admit-elle. Quand ils ont arrêté d'essayer de nous enfoncer un pieu dans le cœur, je me suis totalement désintéressée de leurs activités.

Je comprenais tout à fait ce sentiment.

— Sauf Ani, fis-je remarquer avec un sourire taquin qu'elle me rendit.

— Nous avons pris des chemins différents, mais c'était une jeune femme charmante.

— Charmante, c'est le mot ! On parle bien de la fille qui a plus de couteaux que de tee-shirts dans son placard ? Pas la peine de répondre. Bon, ce n'est pas ce que je cherchais. Qu'est-ce que ça peut bien être ?

— Eh bien, vous vouliez acheter de nouvelles chaussures pour le mariage d'Andrea et Daniel, me rappela-t-elle. Avec tout ce qui s'est passé, peut-être n'avez-vous pas eu…

— Le mariage d'Andrea et Daniel ! m'écriai-je avant de laisser tomber mon front contre le bar en marbre. Putain de merde !

— Je suppose que vous vous souvenez de ce que vous aviez oublié ?

— C'est quand, déjà ? demandai-je d'une voix rauque.

— À Halloween. Dans huit jours.

— Génial !

Jessica devait m'aider à faire les boutiques. Et si je le lui rappelais à travers l'interphone ? Non. Elle le savait très bien. Contrairement à moi, elle avait une excellente mémoire. Elle faisait simplement comme si de rien n'était. Je ne pouvais pas lui en vouloir, mais la situation commençait à me taper sur le système.

— Ha ha !

— J'ai peur de vous demander ce qui vous est passé par la tête.

— Je vais demander à ma sœur de venir faire du shopping avec moi ! C'est encore une des rares personnes sur cette planète qui ne me prennent pas pour une chienne.

— Majesté…

— Pas la peine, Tina. Ne t'en fais pas pour moi. Laisse-moi m'apitoyer tranquillement sur mon sort.

Elle me sourit d'un air compatissant.

— Je suis sûre que vous trouverez une solution. Personne ne peut vous résister, ma reine.

— Merci. Ça me donne la chair de poule, mais merci. Je…

Soudain, si rapidement que je pus à peine suivre ses mouvements, Tina attrapa un couteau de cuisine et le lança souplement dans ma direction. Je couinai et me préparai à esquiver l'attaque – ou du moins à essayer – quand je compris qu'elle ne m'était pas destinée.

George nous observait en clignant des yeux, un couteau planté dans le torse.

— Ce n'est pas vrai ! marmonna-t-elle en se levant. Majesté, reculez. Je…

— Arrête de lui jeter des objets pointus dans le cœur tout de suite ! (Je me relevai d'un bon pour m'approcher de George qui ne semblait pas particulièrement perturbé par la situation.) Il ne nous veut pas de mal, Tina ! Tout va bien. Heureusement que tu n'as pas utilisé un pieu en bois !

— Je ne l'ai même pas entendu approcher ! (La seule fois où je l'avais vue dans cet état, c'était quand elle avait reproché à Sinclair de m'avoir caché l'existence de ma sœur.) J'essayai de gagner du temps pour que vous puissiez vous échapper. J'aurais trouvé une autre solution en quelques secondes.

— C'est rassurant. (Pas vraiment, mais que pouvais-je bien lui dire ?) Beau travail. Mais ne lui jette plus de couteaux dessus, OK ?

Les yeux de Tina lui sortaient pratiquement de la tête.

— Ma reine, que fait-il dans notre cuisine ?

— Il a réussi à s'échapper du sous-sol. Je te l'ai peut-être déjà fait remarquer, mais George est le Houdini des vampires. Je vais devoir lui acheter une camisole de force ou quelque chose dans le genre. Pourquoi pas une clochette, tiens ?

Je lui caressai doucement la tête pour le rassurer avant de tirer sur le couteau, en serrant les dents. Il resta accroché une demi-seconde à ses côtes avant de céder. Beuuuuurk !

George le Monstre n'émit qu'un léger râle. Il n'y eut aucun écoulement de sang.

— Il ne s'en est même pas rendu compte ! s'étonna Tina.

— Oui, c'est le Monstre parfait pour tout lanceur de couteaux ! Pauvre George. Ça fait mal ? Non, bien sûr que non. Si c'était le cas, tu t'égosillerais comme une collégienne, pas vrai ? Écoute. Tu es censé rester au sous-sol, tu m'entends ?

— Il ne saigne pas, fit remarquer Tina en examinant la plaie.

— Normal, il est mort.

— Nous saignons quand même, me rappela-t-elle. Pas autant que les vivants, mais un peu.

Elle se pencha avant de se reculer vivement en entendant George grogner.

— À ta place, j'éviterais de l'approcher de trop près. Je crois qu'il n'aime que moi. Et Alice. Mais, c'est logique, elle le nourrit.

Moi aussi, me rappelai-je tout à coup. Je les avais laissés boire mon sang la nuit où nous avions tué Nostro… Sans oublier hier soir.

— Il est dangereux, me prévint Tina.

— Oui, oui, merci pour l'info. Écoute, ils se sont transformés en Monstres parce que Nostro les a empêchés de se nourrir, pas vrai ?

— Oui.

— Eh bien, moi, je les ai laissés se nourrir. Alice leur donne du sang de chez le boucher, mais ce n'est pas du sang vivant. Ce sont les seuls vampires qui peuvent boire ce sang – comment dire ? – mort ? Pas frais ? C'est peut-être la raison pour laquelle ils n'évoluent pas. J'ai nourri George la nuit dernière et regarde : il marche ! Il est toujours aussi effrayant, mais au moins, il n'avance plus à quatre pattes. Il marche ! Il s'est aussi tenu debout dans la douche, maintenant que j'y repense.

— Je crois comprendre où vous voulez en venir.

— Génial, parce que moi-même, je n'en ai pas la moindre idée… Je réfléchissais simplement à voix haute. (J'observai de nouveau son torse.) Tu vois, il ne saigne pas comme toi ou moi. Il faut peut-être qu'il se… développe ? Je ne sais pas, mais il y a une possibilité pour que je le soigne !

— Pourquoi ne pas étudier davantage la situation avant que… Oh ! Majesté ! me sermonna-t-elle alors que j'ouvrais de nouveau mon poignet. Ce n'est pas ce qu'on appelle réfléchir posément !

— Où est passé ton esprit d'aventure ?

— Il s'est envolé pendant la Seconde Guerre mondiale, rétorqua-t-elle.

Pendant ce temps-là, George tétait consciencieusement mon poignet tout en fredonnant.

— C'est marrant, j'ai l'impression de connaître cet air…

— *Brass Monkey* des Beastie Boys !

— Est-ce que c'est bon signe ?

— Je n'en sais rien, mais au moins, il se souvient d'une chanson ! Il se tient debout et il connaît du rap !

Mon plan fonctionnait ! Je pouvais le guérir. Je pouvais tous les guérir. Laura ne dominerait pas le monde. Sinclair me pardonnerait et recommencerait à coucher avec moi. Jessica arrêterait d'avoir peur et m'aiderait à faire les boutiques. Tout rentrait dans l'ordre !

— Ce n'est pas la fête de votre belle-mère, demain ? me demanda Tina.

Aussitôt mon moral retomba comme un soufflé.

Chapitre 23

— . . . *J'ai été major de ma promo au lycée et j'ai dû faire un discours devant tous les autres élèves. Ensuite, je suis devenue bénévole à l'église de Goodwill, en plus de mes petits boulots dans un supermarché et une station-service pour m'occuper jusqu'au début des cours à l'université en automne.*

Réprimant un bâillement, je changeai le téléphone d'oreille. Si on m'avait dit que la fille du diable serait charmante mais ennuyeuse à mourir…

— Et après ?

— *C'est à peu près tout. Je suis toujours à la fac, tu sais. Il ne m'est pas encore arrivé grand-chose.*

Ne t'en fais pas, ma jolie, ça ne saurait tarder !

— *Et toi ? Qu'est-ce que tu fais de ta vie ? Tu as quoi ? Vingt-cinq ans ?*

Je ris.

— Si tu veux tout savoir, j'ai eu trente ans en avril… et j'ai une carrière en dents de scie : mannequin, secrétaire, serveuse…

— *Et maintenant, tu es propriétaire d'une boîte de nuit ?*

— En ce moment, oui.

En fait, j'avais jeté un coup d'œil aux livres de comptes l'autre nuit. Nous étions vraiment dans le rouge. Le prix de l'alcool m'avait estomaquée, sans parler du montant des charges… Pour l'instant, j'avais réussi à emprunter à Pierre pour payer Paul. Sans l'aide de Jessica, je n'irais pas bien loin. Mais c'était déjà assez difficile de lui demander de l'argent lorsqu'elle n'était pas terrifiée et en colère…

— On verra comment ça se passe, je suppose.

— *Parle-moi un peu de mes parents biologiques.*

C'était la dernière chose dont j'avais envie. Je bus mon lait chaud cul sec en essayant de ne pas faire tomber le téléphone. Elle m'avait appelée une minute après mon réveil, cet après-midi : 15 h 30. Youpi ! Un nouveau record ! Qui sait ? Un jour, j'arriverais peut-être à me lever à midi ?

— Euh… Eh bien… Il n'y a pas grand-chose à dire. Par où commencer ? Euh…

— *Tu crois que je pourrais les rencontrer ? Je ne veux pas m'imposer dans leur vie. Je comprends tout à fait qu'ils m'aient abandonnée pour mon bien. Je ne voudrais pas déranger, ni les gêner.*

— N'oublie pas que papa ne savait rien de ton existence avant que tu te fasses adopter.

Pourquoi avais-je dit une chose pareille ? Est-ce que je voulais qu'elle aime papa ? Peut-être que je redoutais tellement de lui parler du diable que je lui offrais quelques pépites sympathiques auxquelles se raccrocher...

— *C'est vrai, Betsy. Je sais que ma mère était toute seule... La pauvre! Je n'imagine même pas son inquiétude lorsqu'elle s'est rendu compte de son état. Personne à qui en parler... J'espère qu'elle a au moins pu se confier à un prêtre.*

Un prêtre, un psy... du pareil au même.

— Oui, la... pauvre. (Tout à coup, une merveilleuse – ou terrible – idée me traversa l'esprit.) Dis, qu'est-ce que tu dirais de les rencontrer tous les deux ? Cet après-midi ?

La petite fête commençait dans... je jetai un coup d'œil à ma montre : vingt minutes. Pas grave. C'était à la mode d'être en retard.

Un cri de joie me répondit.

— Elle est de nouveau enceinte ? me demanda Laura en observant la maison du Thon, bien trop grande pour deux personnes. À son âge ?

— Elle n'est pas si vieille que ça, tu sais !

Je vérifiai mon maquillage dans le miroir. Remarque, à côté de Laura, belle comme le jour, je ne savais pas pourquoi je faisais le moindre effort.

Elle était vraiment magnifique avec ses nattes dorées qui caressaient le haut de ses seins et sa frange qui venait chatouiller ses sourcils. Elle portait un chemisier blanc impeccable – elle en possédait sûrement un placard entier – par-dessus une jupe trapèze bleu marine. Pas de collants. Des ballerines noires toutes simples. Visiblement, sa philosophie, c'était la sobriété jusqu'au bout des orteils. Elle ressemblait à une figurante dans *Les Anges du Bonheur*, alors que moi, je me faisais l'effet d'être une figurante dans la salle d'attente de *Nip/Tuck*.

—Je suis tellement contente !

—Ne t'inquiète pas, elle le sera aussi, mentis-je. Allons-y.

Comme il s'agissait d'une fête, après avoir poliment frappé à l'énorme porte, je l'ouvris et me dirigeai tranquillement à l'intérieur. L'allée était encombrée de voitures. J'entendais des éclats de voix sur ma droite.

Quand le Thon vint à notre rencontre pour nous saluer, son sourire s'effaça en m'apercevant. Elle observa les fenêtres de chaque côté de la porte derrière moi pour s'assurer qu'il faisait encore jour, me regarda, regarda dehors, me regarda de nouveau.

—Surprise ! m'exclamai-je.

—Félicitations ! dit Laura.

Le Thon faillit en avaler sa langue et fit une grimace qui, je suppose, aurait dû être un sourire.

—Merci d'être venues, articula-t-elle. Betsy, tu sais où accrocher vos manteaux.

Laura me tendit son trench-coat couleur moutarde qui lui arrivait aux genoux. (Je sais, ça a l'air affreux comme ça, mais sur elle, ce n'était pas mal du tout. En même temps, elle aurait même pu faire honneur à des rideaux de cuisine...) Je l'accrochai dans le placard du hall d'entrée.

— Vous pouvez poser les cadeaux dans le salon. Sur la table.

— On n'a pas apporté de cadeaux, lui répondis-je gaiement. À part notre gracieuse présence, bien sûr...

— Moi, j'en ai un, me corrigea Laura.

Maintenant que je lui avais retiré son manteau des mains, je me rendis compte qu'elle tenait une petite boîte de chez *Tiffany* avec le ruban blanc caractéristique.

Le soulagement se lit sur le visage du Thon ; je pouvais presque entendre ses pensées : « Tout n'est pas perdu ! » Elle arracha pratiquement le cadeau des mains de Laura et retira le ruban. À l'intérieur se trouvait une cuillère pour bébé en argent.

— C'est vraiment très gentil ! Merci, euh...

— Laura Goodman, madame. Je suis une amie de Betsy.

— Puisque vous êtes là, venez manger un morceau de gâteau, me dit-elle d'une voix sèche avant de se radoucir face à Laura, ta présence me fait vraiment plaisir.

Surprise : Laura la Magnifique avait réussi à amadouer la deuxième créature la plus démoniaque de l'univers. Et d'où venait donc ce cadeau ? Elle était étudiante et boursière ! Elle n'avait sûrement pas un stock de cadeaux pour bébé de chez *Tiffany* dans ses placards !

Seize mille ans plus tard, il était déjà presque 19 heures et les invitées commençaient à remettre leur manteau. Laura et le Thon discutaient comme de vieilles amies. Laura semblait tout aimer chez sa mère biologique, des cheveux décolorés jusqu'au pull pastel duveteux, en passant par ses chaussures bon marché. Pour ma part, j'avais tellement envie de hurler que j'aurais pu croquer n'importe qui. Comme d'habitude, Anthonia s'était entourée d'arrivistes et de frimeuses. Croyez-moi, une bonne petite morsure leur aurait fait du bien. Le fait qu'elles ne m'aient pas reconnue – ou aient fait semblant – avait été la seule bonne nouvelle de ma semaine.

— Reviens quand tu veux, dit le Thon à la fille de Satan.

À moi, elle ne dit rien. Son regard meurtrier suffisait.

— C'était génial ! s'écria Laura en se dirigeant vers la voiture. Quelle magnifique maison ! Et elle est si gentille ! Et jolie ! Tu ne trouves pas qu'elle est jolie ? J'aurais voulu lui dire la vérité. Je m'en veux de lui avoir menti. Elle est enceinte !

— Tu n'as pas menti, fis-je remarquer. (Où étaient les hordes de vampires sauvages quand on avait besoin d'elles ?) Nous sommes amies. Seulement, nous ne nous connaissons pas depuis très longtemps.

— Oh ! Betsy ! s'écria-t-elle en passant un bras autour de mes épaules pour me serrer contre elle. Tu es la meilleure ! Merci de m'avoir amenée ici aujourd'hui.

— Hmm, répondis-je, ou un truc dans le genre. Dis, je peux te demander quelque chose ?

— Bien sûr ! Je t'écoute.

— Où est-ce que tu as trouvé ton cadeau ?

— Oh ! Je l'ai acheté il y a très longtemps, m'expliqua-t-elle avec un sérieux impressionnant bien qu'un peu écœurant. J'ai toujours su que je rencontrerais ma mère un jour. À la base, la cuillère était pour moi… pour plaisanter. Mais c'est encore mieux si je peux l'offrir à mon futur frère ou ma future sœur. Tu sais, j'ai toujours été fille unique, alors ça va me changer d'avoir des frères et sœurs tout à coup !

— C'est génial, répondis-je.

Dommage, j'avais espéré une explication beaucoup moins sage.

— Bon, j'ai des devoirs à faire. Ça te dérangerait de me raccompagner chez moi ?

— Pourquoi ? Il est encore tôt !

Et je n'avais rien d'autre à faire. Personne à aller voir. Tina avait offert une dizaine de pelotes de laine à George. Sans rire. Quand j'étais partie, il était occupé à les défaire et les refaire. Tina avait préféré rester à la maison pour l'observer, amusée – à une distance raisonnable, bien sûr. Marc, lui, travaillait, comme d'habitude. Jessica était sortie. Du moins, sa voiture avait disparu. Sinclair… il devait traîner dans le coin, mais j'avais eu ma dose de froideur, merci.

— Ah ! Betsy, je ne sais pas…

— Allez ! Tu n'habites plus chez un prêtre, Laura, tu as le droit de t'amuser un peu, de te défaire de ton image de petite fille. Franchement, ces nattes étaient à la mode en 2002. Ou en 1802, même ! On va aller dans un bar pour boire quelques daïquiris, parler garçons… se lâcher un peu, quoi !

— Je ne peux pas, Betsy.

— S'il te plaît ! la suppliai-je.

— Non, je ne peux vraiment pas. Je n'ai pas encore vingt et un ans. Je n'ai pas le droit de boire.

— Oh ! (Je repoussai les lois fédérales d'un geste de la main.) Je peux te faire entrer, ne t'inquiète pas.

Aucun videur ne pouvait résister à mon regard vert caca d'oie.

— Non, Betsy, répondit-elle de la façon la plus ferme qui soit. C'est illégal.

— D'accord, d'accord, soupirai-je avant de me reprendre. Je sais ! Allons faire du shopping ! Le centre commercial est encore ouvert pendant une heure ou deux. Je dois assister à un mariage et je n'ai toujours pas trouvé quoi me mettre.

— Je ne peux pas, s'excusa-t-elle. Je n'ai pas d'argent. Et ce ne serait pas bien de…

— Aucun problème, je… (Sauf que je n'avais pas d'argent non plus. D'habitude, Jessica venait avec moi. Soit elle payait sans me demander mon avis, soit nous nous arrangions entre nous. Par exemple, j'avais travaillé quelques jours au *Pied*, son organisation non lucrative, contre un pull en cachemire ou une paire de sandales.) Euh… hmm…

— On ferait mieux de rentrer.

— OK.

J'étais dégoûtée de voir à quel point ma vie était devenue pathétique, mais je n'avais pas le droit d'ennuyer Laura avec ça.

Et puis, malgré sa gentillesse, elle ne remplaçait pas ma meilleure amie. Ni Sinclair. Je n'aurais pas dû me servir d'elle pour penser à autre chose.

— Attends ! m'écriai-je en manquant me prendre un lampadaire. Je sais ! Ça te dirait de passer au *Scratch* ?

— Ta boîte de nuit ? demanda-t-elle.

— Oui. Je ne te servirai pas d'alcool, promis. Je te fais juste faire le tour rapidement et on rentre, d'accord ?

Quoi ? Je venais de dire qu'on n'échangeait pas ses amis comme des cartes de base-ball, moi ?

— Eh bien…

Elle était sur le point de faiblir. Soit mes pouvoirs de persuasion démoniaque marchaient sur elle, soit elle était curieuse de savoir à quoi ressemblait l'intérieur d'un bar.

— Très rapidement, alors.

— Youpi !

Enclenchant le clignotant, je tournai à gauche.

— Waouh ! s'enthousiasma Laura. C'est ici ? C'est très joli !

« Ici » était un bâtiment en pierre brune qui ressemblait davantage à une banale maison qu'à un club. Maintenant que je savais qu'il s'agissait d'un bar à vampires, je comprenais mieux pourquoi : la discrétion passait avant tout.

— Je me gare toujours devant, dis-je en mettant le frein à main.

Personne n'oserait appeler la fourrière dans ce quartier. Quand je pénétrai à l'intérieur, suivie de près par Laura, je fus frappée par le silence de mort qu'il y régnait. Bien sûr, il était encore tôt, seulement 19 h 30, mais quand même ! À part les quelques serveuses et Dents-qui-courent derrière le bar, l'endroit était désert.

— Comment vont les affaires ? plaisantai-je à moitié lorsque Dents-qui-courent nous salua.

— Toujours pareil, Ma…

— Je te présente ma sœur, Laura, l'interrompis-je. Tu peux l'appeler Laura. Laura, voici… (Je me rendis compte que j'avais encore oublié son nom.) le gars qui s'occupe du bar quand je ne suis pas là.

— Klaus, madame.

Il se pencha sur sa délicate main blanche. Lorsqu'il se releva, on ne voyait pratiquement plus ses pupilles. On aurait dit un cadavre.

— Enchanté.

Dieu merci, Laura ne remarqua pas les manières écœurantes de Klaus. Mieux, elle semblait totalement indifférente à son charme. Bien sûr, Klaus n'était pas très séduisant, mais…

— Salut, lança-t-elle à son tour en lui serrant la main. Je suis ravie de vous rencontrer.

Je dus l'arracher à la compagnie de Dents-qui-courent qui la regardait comme si tous ses vœux de Noël venaient d'être exaucés en même temps. À quoi avais-je pensé en emmenant ma gentille petite sœur dans un bar tenu par des vampires ? Bien sûr, j'étais le suceur de sang en chef et elle n'était pas vraiment en danger, mais quand même. La présenter à Klaus et aux serveurs mécontents… je devais avoir perdu la tête !

— Ah ! Laura.

Lorsque je me retournai, j'aperçus Sinclair qui fondait vers nous comme un grand oiseau de proie noir.

— Elizabeth, me salua-t-il comme s'il venait seulement de remarquer ma présence.

Au moins, il se souvenait encore de mon prénom.

— Bonsoir, répondit Laura, éblouie.

Qui pouvait lui en vouloir ? Ces cheveux, ces yeux, ces épaules… Miam ! Dire que cela avait été à moi et que j'avais tout gâché en… couchant avec lui. Je suppose.

— Qu'est-ce que vous faites ici, toutes les deux ? demanda-t-il d'un ton grave qui trahissait son désaccord.

« Toutes les deux » désignait en particulier Laura, je le savais. Mais pas question de lui expliquer que mon désespoir et ma solitude m'avaient conduite à des actions stupides. Alors, je pris la voie de la facilité :

— Pourquoi tu ne t'occupes pas de tes affaires, pour une fois, putain ? rétorquai-je. Si j'ai envie d'emmener ma sœur à l'endroit où se trouvent mes affaires, ce sont mes affaires à moi, pas les tiennes ! (J'allais faire une overdose du mot « affaires ». Et puis, merde !) Alors occupe-toi de tes affaires !

— Betsy ! s'indigna Laura.

— Toi, tais-toi.

Je n'avais pas besoin d'une leçon de morale du suppôt de Satan/Miss Vertu 2005.

— Elle n'a rien à faire ici et tu le sais très bien. À quoi pensais-tu ?

— Que tu devrais t'occuper de tes affaires ?

Et arrêter de suivre ma sœur ?

— Je crois que je ferais mieux de rentrer, intervint Laura d'un ton guindé.

J'ouvris la bouche pour lui répondre, mais Sinclair fut plus rapide :

— Permets-moi de te raccompagner, Laura, dit-il en lui offrant son bras.

— Oh ! Eh bien… (Elle se tourna vers moi. Pour savoir si ça me dérangeait ou pour me demander mon aide, je n'en étais pas sûre. Je haussai les épaules.) Alors, d'accord. C'est très gentil de ta part.

— Tout le plaisir est pour moi.

Ils sortirent.

Voilà. Ma vie était officiellement horrible. Pire qu'horrible. Je me serais bien jetée du haut d'une falaise… si je n'étais pas sûre d'y survivre.

— Sers-moi un verre de Dewar's, dis-je à Klaus.

— Je ne peux pas, répondit-il d'un air satisfait. Vous n'avez pas payé la dernière commande. On n'en a plus.

Évidemment.

Alors, au bord de la dépression, je retournai à la maison.

Chapitre 24

Alors que j'envisageais sérieusement de foncer dans une vitrine, la sonnerie de mon téléphone portable retentit. Jessica ? Je le cherchai avidement dans mon sac.

— Allô ? Jess ? Allô ?

— Salut Betsy. C'est moi, Nick. Berry, ajouta-t-il, comme si je pouvais l'oublier.

Nick était policier à Minneapolis.

— Oh ! Salut ! (Je tâchai de ne pas lui montrer ma déception.) Qui est mort, cette fois ? plaisantai-je.

— Plusieurs personnes, mais ce n'est pas pour ça que je t'appelle. Je n'ai pas encore vu ta nouvelle maison, alors j'ai pensé que je pourrais passer dire « bonjour ».

— Oh ! Écoute, je serais ravie que tu viennes à la maison, mais pourquoi maintenant ?

— Eh bien…

J'entendis un bruit étrange… avant de comprendre qu'il mâchonnait un Milky Way. Nick détestait les donuts.

— Tu vas trouver ça bizarre, mais je n'arrête pas de penser à toi, ces derniers temps. Après tout, au printemps, tu as failli mourir et il y a eu de fausses funérailles…

— Oui, une vraie partie de plaisir.

— Et cet été, on a découvert des tas de corps. Le meurtrier a dû passer à autre chose, parce qu'il ne s'est rien passé de la sorte depuis trois mois… Mais tu étais aussi mêlée à tout ça. Je ne sais pas. Je me suis dit que ça pouvait être sympa de te voir pour rattraper le temps perdu.

— Aucun problème.

Viens dans mon antre, mon gros. Pour être franche, je n'avais vraiment pas envie qu'un policier qui m'avait connue vivante se balade dans le QG des vampires après ma mort, mais je ne pouvais pas refuser sans qu'il se doute de quelque chose.

— Je suis en route. Je suppose que ce n'est pas la peine de te donner l'adresse ?

— On se retrouve dans vingt minutes, confirma-t-il.

Je me dépêchai de rentrer pour faire un peu de rangement avant de me rendre compte que l'armée de Jessica (cuisinier, jardinier, mécanicien, homme de ménage du rez-de-chaussée, femme de ménage de l'étage et arroseuse de plantes) m'avait devancée. Tout était immaculé et fraîchement aspiré. La voiture de

Marc avait disparu. Seule restait celle de Jessica dans le garage. Je montai à l'étage pour frapper à sa porte.

— Jess ? L'inspecteur Nick vient nous rendre une petite visite. Je sais que ce n'est pas le moment idéal, mais franchement, y en aura-t-il jamais un ? (*Si je n'étais pas une vampire, peut-être*, me répondis-je automatiquement.) Bref, si tu veux nous rejoindre, on sera (*dans une zone garantie sans vampire ?*) dans un salon. Je pense.

Au sous-sol, je trouvai Tina assise à une distance prudente de George et elle prenait des notes tandis qu'il crochetait une chaînette infinie jaune soleil. Il en était déjà à dix mètres et ne réagit même pas à mon cri de surprise.

— Tu lui as donné un crochet ?

Tout à coup, j'entendis une voiture se garer dans l'allée. Je n'attendis pas la réponse de Tina. Au moins, George était occupé.

Nick m'attendait déjà à la porte. Jouant à la perfection mon rôle de blonde, j'oubliai de lui faire faire le tour du proprio. Nous nous installâmes dans le petit salon près du hall d'entrée pour discuter.

— Cette maison est extraordinaire ! s'exclama-t-il, le regard partout à la fois.

Comme d'habitude, il n'était pas désagréable à regarder. Ma taille, blond, large d'épaules, bronzé. Ooooh ! Du bronzage ! Ça faisait du bien de voir quelqu'un avec de vraies couleurs sur les joues.

— Jessica et toi, vous vous faites vraiment une place dans le monde.

— Tu sais, répondis-je, c'est Jessica qui paie tout.

— Je m'en doute bien, fit-il avec un sourire taquin. Tu as trouvé du boulot ? Enfin, je suppose que tu n'en as pas vraiment besoin…

Il désigna la pièce d'un geste ample. Si je n'en avais pas besoin, c'était surtout à cause de mon statut de reine, mais je ne comptais pas le lui dire. Pas question non plus de lui parler du *Scratch*. Je ne pouvais pas lui prouver qu'il m'appartenait légalement et je n'avais vraiment pas envie qu'un flic mette son nez dans mes affaires.

De plus, Nick n'était pas un simple flic. Il m'avait connue vivante. Pire, il était tombé sous mon charme vampirique après ma mort. À tel point que Sinclair avait dû effacer ses souvenirs du printemps précédent. Pourtant, je ne pouvais pas m'empêcher de m'inquiéter. De quoi se souvenait-il exactement ? Et si le pouvoir de Sinclair s'estompait ?

— Tu as l'air en forme, dis-je pour changer de sujet. Quel bronzage ! Tu es allé où ?

— Je reviens des îles Caïmans. J'ai économisé pendant un an et demi avec une bande d'amis. Si tu y vas en groupe, ça ne revient pas très cher. En fait, c'est pour ça que je suis là.

— N'insiste pas, je n'irai pas aux îles Caïmans avec toi, plaisantai-je.

Je ne me sentais pas prête à repousser les limites de ma nouvelle exposition au soleil.

— Non, non, ce n'est pas ce que je voulais dire !

Bien sûr que non. Pourquoi est-ce qu'un homme en pleine santé avec du sang bien rouge dans les veines voudrait sortir avec un cadavre à la pédicure exécrable ?

— Un de mes amis cherche un nouveau groupe d'Alcooliques Anonymes et mon frère m'a dit qu'il y en a un très bien au *Thunderbird*, sur la 494. Et…

— Tu étais là le soir où j'y ai assisté, le coupai-je avec un mauvais pressentiment.

La façon dont Nick réapparaissait sans cesse dans ma vie était des plus étranges.

— Euh… Oui. Je sais que ce ne sont pas mes affaires…

— L'un des A signifie « Anonymes », lui rappelai-je.

— Oui, je sais. Mon frère a suivi leurs douze étapes, il y a quelques années. Je crois… j'étais simplement surpris de t'y voir, finit-il malhabilement.

Lui, surpris ? Quand la chancc allait-elle enfin tourner en ma faveur ?

— Je n'aimc pas en parler.

Ce n'était pas vraiment un mensonge.

— Oui, oui, bien sûr, répondit-il précipitamment. Je comprends. Je voulais seulement que tu saches… C'est difficile d'en parler des fois, pas vrai ? Personne n'arrive à comprendre ?

— C'est vrai, dis-je d'une voix plus assurée.

— Alors je voulais que tu saches que si tu as envie de, tu sais, parler…

Quand il sourit, le coin de ses yeux se plissa de manière amicale.

J'avais envie de pleurer. Savoir que quelqu'un s'inquiétait pour moi me réchauffait le cœur. OK, ce n'était pas tout à fait juste. Laura était très gentille avec moi. Jessica s'inquiétait toujours de mes problèmes jusqu'à ce que je la blesse. Et ce n'était pas la faute de Laura si Sinclair s'intéressait à elle. Après tout, quel gars aurait pu lui résister ? Et puis, ce n'était pas non plus la faute de Sinclair si je lui avais trop souvent envoyé des ondes négatives.

Ce pauvre Nick ne savait pas du tout de quoi il retournait, mais il tenait à moi. Cela comptait beaucoup.

— C'est adorable. Ça me touche vraiment.

Nous étions assis côte à côte sur un petit confident couleur pêche. Il se rapprochait petit à petit. Peut-être que ça le démangeait quelque part.

— Je m'en souviendrai, promis ! Mais je n'ai pas envie de parler de mes problèmes.

Mes problèmes stupides et pathétiques.

— Je voulais juste que tu le saches, murmura-t-il avant de m'embrasser.

Oh ! Oui ! Non, pas bien ! Si, you hou ! Je me laissai faire pendant quelques secondes, profitant du contact chaud de ses lèvres contre les miennes, si froides. Son pouls résonnait à mes oreilles. Il sentait le chocolat et le coton.

C'était plutôt agréable. Il m'aimait bien. Il m'avait toujours appréciée. Évidemment, il me trouvait beaucoup plus attirante depuis ma mort, mais j'essayais de ne pas trop en profiter. J'avais commis l'erreur de le faire une fois. Nick ne s'en souvenait pas, j'en étais presque certaine. Enfin bref, j'avais appris ma leçon : ne jamais abuser d'un innocent policier.

Cela ne m'aurait pas posé trop de difficultés pourtant ! Il était si gentil, si mignon, si droit... Et en tant que flic, il aurait pu se révéler très utile. Je pourrais...

Mords-le.

Je pourrais me débarrasser de cette soif agaçante pendant quelque temps. Je pourrais...

Qu'est-ce que tu attends ?

Profiter de sa chaleur, de sa joie de vivre. J'avais besoin d'être aimée, touchée, désirée.

Ce serait si facile.

Je le repoussai soudain et il tomba par terre. Ce serait facile. Vraiment trop facile. Raison pour laquelle je ne pouvais pas le faire.

Était-ce pour cette raison que j'avais lu le *Livre des Morts* ? Pour apprendre à me comporter comme une garce ? Était-ce la leçon que j'avais retenue après avoir blessé Jessica ? Prendre ce que je désirais quand je le voulais ? Était-ce ainsi que ma mère m'avait élevée ? Était-ce le genre de reine que je voulais devenir ?

— Je suis désolé, s'excusa Nick, allongé par terre.

Il ne semblait pas s'être rendu compte que je l'avais fait valser. Il rougit violemment.

— Je suis vraiment désolé, Betsy.

— Non, non, c'est ma faute ! (Je criai pour m'entendre par-dessus son pouls, ce qui l'alarma. Je baissai la voix.) Excuse-moi, tout est ma faute.

Vraiment. Nick ignorait pourquoi il me trouvait si attirante. Dieu sait que c'était aussi un mystère pour moi, la plupart du temps.

— Désolée. Tu ferais mieux d'y aller.

L'aidant à se relever, je le raccompagnai jusqu'à la porte sans prêter attention à ses protestations et à ses excuses.

— Merci d'être passé. Ça m'a fait plaisir de parler avec toi ! Au revoir.

Après avoir fermé la porte, je m'y adossai et soupirai, les yeux clos. J'entendais encore les battements de son cœur. Sûrement mon imagination.

J'avais évité la catastrophe de justesse.

— Ton rendez-vous amoureux est terminé ?

Je rouvris vivement les yeux. Sinclair se tenait dans l'entrée, sur ma gauche. Il était manifestement entré par-derrière.

— C'était…

— Je sais.

— Il pense…

— Je sais.

— Mais il s'en va, maintenant. Je…

— Oui. Je suppose que tu t'en es occupée. Bon travail, ajouta-t-il d'une voix distante.

— Ce n'était pas…

— Je comprends. Nous n'avons pas besoin qu'un officier de police se mêle de nos affaires. La meilleure façon de s'en assurer… (Sinclair haussa les épaules.) Tu as fait ce que tu avais à faire.

— Éric…

— Je me retire dans ma chambre. Au fait, je vais boire un café avec Laura demain soir. Ce n'est pas la peine de te joindre à nous.

Il se retourna et s'éloigna.

Chapitre 25

Je donnai un coup de pied dans ma porte pour l'ouvrir. Seulement, j'y mis tellement de cœur que ma jambe passa au travers. Résultat : je sautillai bêtement pendant quelques secondes dans le couloir pour libérer mon pied.

Quand j'entrai enfin dans ma chambre, je retirai mes ballerines Beverly Feldman et les jetai contre le mur du fond. Tant pis pour le cuir. Je n'en avais rien à foutre.

Vraiment.

— J'en ai rien à foutre ! m'égosillai-je. C'est pas juste ! Pas juste ! J'ai fait ce qu'il y avait à faire : mettre Nick dehors. J'aurais très bien pu baiser avec lui, mais non, j'ai préféré écouter la voix de la raison ! Et pour quoi ? Pour que ce salaud me fasse déprimer encore plus ? Pour me sentir encore plus seule ?

J'arrachai mes vêtements comme une folle à lier, tout en cherchant mon pyjama. Je bougeai comme si j'étais ivre. Je finis par ramasser les Feldman tombées à des coins différents de la pièce et j'étais sur le point de les ranger quand je m'effondrai dans mon placard, en sanglots. Je serrai les chaussures contre ma poitrine (nue) et me recroquevillai sur moi-même (entièrement nue). Mes larmes coulaient sûrement sur mes Manolo, mais je n'arrivais pas à m'en inquiéter.

— Betsy ?

Aucune réaction. Je pleurai encore plus fort. Je n'étais pas d'humeur à entendre davantage de mauvaises nouvelles. Quoi ? Tina allait m'annoncer que George avait arrimé une échelle et s'était encore enfui ? Le Thon qu'elle attendait des jumeaux ? La dame qui arrosait les plantes qu'elles étaient aussi mortes que moi ?

— Ma puce, pourquoi est-ce que tu pleures toute nue dans ton placard ?

Je daignai ouvrir un œil. Le visage – tuméfié – de Jessica était penché vers moi. Elle avait l'air inquiet.

— Va-t'en, marmonnai-je. Va-t'en ! Tu me détestes, je le sais !

— Oh ! la ferme ! C'est complètement faux. (Elle entra dans le placard et poussa délicatement mes tailleurs et mes chaussures pour s'asseoir près de moi, jambes croisées.) Raconte-moi tout. Qu'est-ce qui ne va pas ?

— Tout !

— OK. Plus précisément ?

— Sinclair ne m'aime plus. Je te parie qu'il ne veut même plus être roi. Je te parie qu'il regrette de m'avoir menti pour y arriver. Il drague ma sœur, maintenant. Ma sœur ! Qui n'est autre que la fille du diable, mais c'est loin d'être le pire...

— Qu'est-ce que c'est, ma chérie ?

— Tout le monde adore Laura, voilà ce que c'est !

— Tout le monde t'adore aussi. Déjà avant que tu meures, tu avais ce charisme qui te suivait partout.

— Peut-être, mais Laura déborde de charme ! À côté d'elle, je passe pour Saddam Hussein. Ce que je veux dire, c'est que personne ne peut lui résister.

— Je suis sûre que ce n'est pas...

— Même le Thon l'adore !

— Oh...

— Et mon père et elle continuent à me gâcher la vie. C'était la fête prénatale la plus longue de mon existence. Et je vais devoir mettre le *Scratch* en faillite. Et elle, Laura, je veux dire... elle est très gentille, mais elle ne peut pas te remplacer. Et j'aurais pu coucher avec Nick. Il m'aime beaucoup. Mais comme j'aime Sinclair, je l'ai mis à la porte... alors que Sinclair s'en balance complètement et... et... Oh ! Mon Dieu !

— Euh...

Jessica essayait visiblement de comprendre mon monologue.

— Oh ! Mon Dieu ! J'aime Sinclair. Je l'aime ! Sinclair ! Ce salaud arrogant, superbe, manipulateur, séduisant...

— Évidemment !

— Tu vois, c'est le genre d'info qui aurait pu m'être utile plus tôt ! rétorquai-je en pleurant de plus belle.

Jessica me tapa légèrement dans le dos.

— Bets, au fond de toi, tu as toujours su que tu l'aimais. Comme si quelqu'un pouvait s'installer chez toi sans que tu en aies envie ! Comme si tu pouvais supporter tout ça de la part d'un autre homme ! Comme si tu couchais avec n'importe qui !

— Mais c'est un sale con !

— Tu sais, ma puce, ce n'est pas très facile de s'entendre avec toi non plus, parfois ! (Elle sourit en touchant son œil au beurre noir.) Regarde ce que tu m'as fait, alors que je n'ai même pas perdu tes DVD de la saison quatre des *Simpson* !

— Jess, je suis vraiment désolée ! Je me sens si mal…

Je désignai mon corps nu, le placard et les boules en cèdre.

— Je sais, Betsy, répondit-elle en m'embrassant contre la tempe. J'avais juste besoin de bouder et de me remettre pendant quelques jours. J'ai toujours su que tu t'en voulais.

— Tu ne peux pas savoir à quel point ! J'avais l'impression d'être une merde. Cette semaine a été la pire de ma vie.

— Pour être franche, la seule raison pour laquelle j'ai décidé de te pardonner, c'est parce que je meurs d'envie de rencontrer la fille du diable.

— Oh ! Mon Dieu ! Si tu savais ce qu'elle est ennuyeuse ! fis-je en me redressant et en essuyant mes yeux secs. (Je ne pleurais plus comme une personne normale.) Elle est très gentille. Ne te méprends pas, elle est adorable. Tu vas l'aimer. Mais…

— Mais ce n'est pas la reine des vampires.

— Je n'ai pas grand-chose d'une reine, en ce moment.

— Ce n'est pas vrai. Tu as lu le *Livre* pour en découvrir davantage sur toi-même et sur la menace qui pèse sur notre monde : ta sœur. Tu as réussi à la retrouver et tu étais prête à t'occuper de son cas jusqu'à ce que tu te rendes compte qu'elle était inoffensive. Tu aides aussi George.

— Alors, tu as écouté à travers l'interphone ?

— Tu plaisantes ? Je l'ai gardé allumé 24 heures sur 24 ! J'avais peur de dormir. Je ne voulais pas en rater une miette !

— Tout est si compliqué !

— Pire que d'habitude, confirma-t-elle.

— Qu'est-ce que je vais faire ?

— Ma chérie, mettre Nick à la porte a été un bon début. Je n'en attendais pas moins de toi.

— Oui, je sais, répondis-je gravement.

Remarquez, dans mon état, j'aurais accepté de sauter toute une équipe de rugby, si elle me l'avait suggéré. J'étais si contente qu'elle me reparle.

— Euh… Par là, tu veux dire…

Elle leva les yeux au ciel. Elle avait l'habitude de m'expliquer les choses.

— Tu as mis Nick à la porte parce que tu ne voulais pas le blesser ou profiter de lui. Tu es comme ça. Tu l'as toujours été. Beaucoup de choses ont changé, mais pas ce trait de caractère.

— Tu as raison.

— Oh ! Et le ciel est jaune, le Thon est une incomprise et Christian Louboutin n'est qu'un amateur.

— Très drôle.

— Il faut bien que je profite de la situation ! D'ailleurs, Sinclair n'est pas amoureux de ta sœur, pendant que j'y suis.

— Pas encore, répondis-je d'un ton sinistre, mais ça ne saurait tarder !

— Écoute, je suis sûre qu'il ne s'intéresse qu'à…

— Attends de l'avoir vue pour donner ton avis.

— Comme s'il n'y avait pas des voitures entières de chattes en chaleur qui se jetaient sur lui !

— Quelle horrible image !

— Ce que je veux dire, c'est qu'il pourrait coucher avec n'importe qui. Mais c'est toi qu'il veut.

— Non, il…

— Peu importe ce que tu lui as fait après avoir lu le *Livre des Morts*, poursuivit-elle. (Elle caressait son œil meurtri de manière absente tout en poursuivant son raisonnement.) Ses sentiments ne changeront pas aussi facilement. Je te le jure, je n'ai pas arrêté de te le répéter, ce type est raide dingue de toi, depuis le début. Il se comporte froidement avec toi parce que tu l'as blessé. S'il ne ressentait rien pour toi, tu ne crois pas qu'il t'aurait baisée sans poser de questions ?

— J'y ai pensé, admis-je, mais il n'était pas content que j'aie couché avec lui. Ça l'a blessé. Je ne comprenais pas pourquoi et maintenant, c'est trop tard. Je l'ai tellement repoussé qu'il a baissé les bras.

— « Tellement » ? Betsy, ça fait à peine six mois que tu es devenue vampire ! Ce n'est rien du tout pour lui : une saison de base-ball, tout au plus. Comme je te le disais, bien sûr qu'il est intéressé par ta sœur. C'est la fille du diable ! En tant que roi des vampires, il a forcément envie d'y voir plus clair. Le connaissant, je te parie qu'il protège simplement ses arrières. C'est tout lui.

— Le couple parfait : Sinclair, le roi du cul, et la femme destinée à régner sur le monde.

— C'est vrai qu'elle serait le consort idéal pour lui, admit Jessica.

— N'importe qui sauf moi ferait l'affaire.

— Ne dis pas de bêtises. Le *Livre* a toujours eu raison pour l'instant…

— Le *Livre* dit simplement que nous sommes consorts. Il ne nous a jamais promis de : « Ils vécurent heureux et eurent beaucoup d'enfants. » Beaucoup de rois et de reines gouvernent leur pays ensemble alors qu'ils se détestent.

J'avais étudié l'histoire européenne à la fac ; sur le plan historique, les dérives du mariage de Charles et Diana avant la mort de celle-ci n'avaient rien de nouveau.

— Si tu savais comment il me parle désormais : il est super méchant… Non, pas vraiment méchant… en fait, il agit comme s'il ne s'intéressait plus du tout à moi.

— Je sais. C'est ce que j'essayais de te dire. Je suis descendue pour laisser un chèque à Cathie…

— La femme de ménage de l'étage ?

— Non, celle qui s'occupe des plantes.

— Jess, tu n'as pas besoin de payer quelqu'un pour arroser tes plantes. Pour l'amour du ciel, on est cinq à vivre dans cette maison ! On peut très bien s'en occuper…

— Quoi qu'il en soit, j'ai assisté à ton petit tête-à-tête lamentable avec Nick. Et j'ai aussi entendu ce qui s'est passé avec Sinclair. Il a été glacial, c'est le moins qu'on puisse dire, ajouta-t-elle avec un regard compatissant. Mais tout n'est pas perdu. Il faudra simplement faire des efforts pour regagner sa confiance.

Je tentai vainement de ne pas déprimer au son de ces phrases pleines de bon sens.

— Je suis consciente que tout est ma faute, OK ? Je le sais très bien. Mais je ne savais pas du tout quoi faire pour arranger les choses avec lui et, pour être franche, je pensais avoir des problèmes plus urgents à régler. Alors, je l'ai rangé dans un coin de mon esprit et après, c'était trop tard. (Je secouai la tête.) Je n'ai jamais pensé qu'il pourrait en avoir marre que je lui crie dessus et le traite comme s'il faisait partie des meubles. J'avais tort, bien sûr. Personne ne peut supporter ça pour l'éternité.

— Écoute, mets le cas de Sinclair de côté pour le moment. En fait non, c'est impossible. Il est lié à toute la situation. Betsy, tu peux arranger les choses, crois-moi.

— Je ne crois pas que ce soit aussi simple que tu…

— Je n'ai jamais parlé de facilité. J'ai simplement dit que rien n'était irrémédiable. Et même si c'était le cas, il est hors de question que je te laisse renifler toute nue dans ton placard. Non, mais c'est vrai, quoi ! Pleurer dans un placard ? Chérie, tu es la reine des vampires, je te le rappelle ! Alors, bouge ton gros cul blanc, habille-toi et va cogner du mort-vivant. Même avant ta mort, tu n'aurais pas accepté un tel merdier. Prends les choses en main !

— Tu as raison ! Sauf pour mon cul.

Je m'étais relevée, les poings serrés. Craignez le courroux de la reine (nue) ! Jessica avait raison. Ils me prenaient tous pour une conne, ou quoi ?

— Tu as tout à fait raison. Ça fait trop longtemps que je me laisse faire, et pour quel résultat ? C'est terminé !

— Génial !

— Je vais remettre certaines choses à leur place. C'est moi qui te le dis !

— Génial. Ça, c'est la Betsy que je connais !

Je jetai un coup d'œil à ma montre, la seule chose que je portais – sauf si on compte l'eye-liner.

— Et je vais te dire ce qu'on va faire en premier !

— À part enfiler des sous-vêtements ?

— Ah oui ! À part ça !

Chapitre 26

— Tu es sûre de vouloir faire ça ?

— Et comment !

— Il n'est pas vraiment la source de tes ennuis.

— Non, admis-je, mais il est dangereux. N'importe qui peut tomber dessus dans la bibliothèque et le lire.

— Mais il est unique !

— Le régime nazi aussi. J'ai promis à ma mère que je ne le brûlerais pas.

Nous nous tenions sur l'un des larges ponts qui reliaient la banlieue à Minneapolis. Le ronronnement du trafic nous forçait à parler fort pour nous entendre. Il faisait froid, peut-être 4 °C, mais je me sentais tellement motivée que ça ne m'atteignait pas.

— Alors il va aller dormir avec les poissons.

Quand je le lâchai, le *Livre des Morts* tomba encore et encore (le pont était haut) avant de s'enfoncer dans la rivière boueuse.

— Je suis déçue, murmura Jessica après un long moment passé à le regarder couler et former des bulles à la surface. Je pensais qu'il aurait flotté sur un lit de magie maléfique pure ou quelque chose comme ça.

— Il est relié en peau, pas en Goretex, fis-je en me frottant les mains pour les réchauffer. Voilà, je me sens beaucoup mieux ! J'aurais dû faire ça depuis des mois !

— Oui, c'est fait. (Jessica resserra son manteau.) Et maintenant ?

— Aucune idée, mais je vais montrer que c'est moi qui commande !

— Oh ! Bien !

— Et toi, tiens-toi éloignée du sous-sol, surtout !

— Je ne pense pas que George me ferait du mal. Du moins, pas s'il a le ventre plein.

— Je ne veux rien savoir.

— Ne t'inquiète pas. Une attaque de vampire par semaine me suffit largement.

Je n'avais pas eu beaucoup de temps pour mettre en application les changements que je voulais apporter à ma vie. J'avais parlé avec Jessica pendant des heures, détruit un artefact inestimable... La nuit était passée très vite.

Après avoir dormi la journée suivante, je me réveillai vers 18 heures, prête à botter quelques culs vampiriques. Première étape : le *Scratch*.

En me dirigeant vers ma voiture, je songeai à trouver Éric et me couvrir de ridicule en lui avouant que je l'aimais. Je n'en eus pas le courage. J'étais persuadée que cela ne changerait rien à la situation. La dernière chose que je voulais, c'était devenir un fardeau, pour qui que ce soit. S'il ne ressentait pas la même chose, ou pire, si ses sentiments avaient changé, je ne comptais pas me la jouer à la Scarlett O'Hara : « Où irai-je ? Que vais-je devenir ? »

Au moins, je savais à quoi m'en tenir, à présent. Je me sentais mieux depuis que cette idée ne traînait plus dans mon subconscient et qu'elle était sortie au grand jour. Toutefois, me rendre compte – bon, d'accord : admettre – que j'aimais Éric Sinclair ne résolvait rien. La vie réelle était bien plus compliquée que ça. L'aimer ne signifiait pas que mes vieux problèmes allaient s'envoler par magie et que tout deviendrait merveilleux et parfait. Quelque part, cela rendait les choses encore plus difficiles.

Si on prenait ce qui allait mal dans ma vie – par exemple : « Je suis en colère parce qu'Éric m'a menti pour devenir roi » ou « Je suis en colère parce qu'Éric ne m'a pas parlé de ma sœur et de Satan » – et qu'on le collait au nouvel élément « J'aime Sinclair », cela n'avait aucun sens.

Ironie : aimer Éric Sinclair et agir en conséquence allongeait ma liste de problèmes. Toutefois, pour l'instant, l'heure était à l'action. Fini le temps où je pleurais toute nue dans un placard ! Je serais maîtresse – reine, si vous préférez – de mon destin !

En commençant par le *Scratch*. Je savais que cette boîte pouvait me rapporter de l'argent, si seulement mes employés arrêtaient de bouder et acceptaient de m'aider. Il fallait que j'insuffle la peur de leur reine dans leur petit crâne de morts-vivants. Et que j'instaure des mardis Margaritas !

Je tournai en voiture pendant une demi-heure à la recherche d'une place de parking, en vain. Tant pis. Je me garai sur une place « Handicapés » au bout de la rue. Quand ma conscience se rappela à moi, je réussis à la faire taire. Après tout, la mort était une sorte de handicap, pas vrai ? Pour la millionième fois, je me rappelai de m'octroyer une place attitrée juste devant l'entrée.

J'entrai en trombe dans le bar… presque vide. Un vendredi soir, putain !

— Bon, ça suffit, écoutez-moi tous ! commençai-je avant d'être interrompue par Klaus.

— Oh ! Génial ! Vous vous êtes décidée à passer ! rétorqua-t-il.

— Hé ! J'avais d'autres chats à fouetter !

— Qui n'avaient rien à voir avec votre statut de reine, je suppose.

— Non… Enfin, si ! Bien sûr que si ! C'est compliqué…

Je n'achevai pas ma phrase. Pourquoi est-ce que je me justifiais devant ce pauvre type ? Ça ne faisait pas partie du plan « C'est moi le boss ».

— Écoutez-moi bien, à partir de maintenant, les choses vont changer, ici.

— Vous avez raison, répondit une vampire que je ne connaissais pas, assise au bar.

— Qui t'a sonnée, toi ?

— Les employés du *Scratch* sont maintenant officiellement en grève, annonça Klaus. (Il jeta un coup d'œil à sa montre.) Il est 18 h 59.

— Quoi ?

— On est en grève.

J'avais du mal à saisir.

— Quoi ?

— Nous avons créé un syndicat, m'expliqua-t-il, pour demander des conditions de travail convenables.

— Qu'est-ce que vous appelez « convenables » ?

J'avais le mauvais pressentiment que je savais de quoi il retournait.

— Nous réclamons que les moutons soient acceptés ici. Nous réclamons le droit de boire du sang sur la piste de danse…

— Et au bar ! intervint un autre vampire.

Il s'agissait d'un homme brun avec une veste en jean, assis près de la femme qui m'avait interpellée plus tôt.

— Oui, au bar aussi… (Dents-qui-courent comptait leurs réclamations sur le bout de ses longs doigts d'araignée. Beurk !) Et si nous avons un problème avec un mouton ou qu'un humain se perd ici, nous réclamons le droit de nous amuser avec eux.

— De les tuer, clarifiai-je.

— Exactement. Sans oublier une couverture sociale pour nos frais dentaires.

— Non, c'est vrai ? m'exclamai-je.

— Non, répondit-il avec un sourire dérangeant. C'était une blague.

— C'est cette grève qui est une blague ! Vous croyez vraiment que je vais accepter vos requêtes ? Vous êtes malades ! Au cas où vous ne vous en seriez pas rendu compte, depuis que Nostro a mordu la poussière, nous sommes devenus une nation vampire plus amicale.

— Autant nous arracher les canines ! cracha-t-il.

— C'est une question de manières ! (Nous étions maintenant nez à nez.) C'est quoi votre problème, les gars ? Vous êtes morts, alors vous devez agir comme des cons ?

— Oh ! On n'est pas obligés, admit la femme au bar. On aime ça, voilà tout. Vous ne pouvez pas changer des centaines d'années d'évolution mystique en claquant des doigts !

— Bien sûr que si ! Le coup du « on le fait parce qu'on en est capables » ne marche pas avec moi. Oubliez la grève, vous êtes tous virés. Je vous remplacerai facilement. Les conditions de travail ne vous satisfont pas ? Allez au diable ! Pour de bon cette fois.

— On vous laisse une dernière chance de changer d'avis, dit le gars en jean.

Comme si je pouvais avoir peur de quelqu'un qui portait une contrefaçon de Tommy Hilfiger !

— Non, c'est moi qui vous laisse une dernière chance.

— Vous pouvez toujours essayer d'étouffer notre révolte, s'éleva une nouvelle voix.

Pour un endroit que je croyais presque désert, il renfermait soudain beaucoup de vampires.

— Heureusement, on n'a pas besoin de respirer, ajouta Klaus.

Un nouvel arrivant s'avança vers nous en tirant… Oups ! Laura. Il avait le poing refermé sur ses cheveux blonds, juste au niveau du crâne. Laura se tenait à deux mains sur son bras, avançant difficilement, tâchant de ne pas tomber.

— Surprise, me dit-elle avec un semblant de sourire.

Chapitre 27

— Bande de tricheurs ! m'exclamai-je.

— Nous avons été ravis de faire la connaissance de votre sœur.

— Je veux bien te croire, sale fripouille !

— Éric a annulé notre rendez-vous, m'expliqua Laura, alors comme j'étais libre pour la soirée, j'ai pensé que j'allais te rendre visite.

— Un conseil : la prochaine fois, appelle-moi d'abord.

— Compris.

— C'était presque trop beau pour être vrai, poursuivit le petit con. Un vampire avec des proches vivants est déjà rare, alors que l'un d'eux se prenne dans nos filets aussi facilement…

— Justement ! Vous ne trouvez pas ça bizarre ? Regardez comme elle est jeune. C'est ma petite sœur ! Ça ne vous met pas à la puce à l'oreille ? Vous feriez mieux de ne pas pousser votre chance.

— À ce que j'ai compris, ils ne sont pas satisfaits de leurs conditions de travail, m'expliqua Laura qui se tenait toujours au bras du vampire, mais ça me paraît un peu extrême !

— Peut-être que ta mère pourrait nous donner un coup de main, fis-je remarquer.

J'attendis. Eux aussi. Laura semblait perplexe… ou elle levait les yeux au ciel, je ne pouvais en être sûre.

— Tu sais, ta mère ! Elle pourrait venir nous aider.

Rien. Pff. C'était à prévoir. Le diable n'était jamais là quand on avait besoin d'elle.

— Vous ne devriez pas faire ça, dis-je à Klaus, la pétasse au bar et le gars au faux Tommy Hilfiger. Croyez-moi.

— Elle a raison, ajouta Laura, presque sur la pointe des pieds. Pourquoi ne pas commencer par boycotter votre lieu de travail ? La prise d'otages ne devrait intervenir qu'en deuxième, voire troisième recours, si vous voulez mon avis.

Le vampire qui la retenait prisonnière lui releva brusquement la tête. Elle cria.

Je me frottai les yeux. Je devais admettre que je n'avais rien vu venir.

Que faire ? Et si je leur mentais ? Si j'acceptais leurs moutons, leurs meurtres et leurs jeudis à thème « un tué, un gratuit » pour mettre Laura hors de danger ? Une reine avait-elle le droit de revenir sur sa parole ? Je risquais de perdre le respect des autres vampires, et je n'avais pas vraiment de marge.

— Avant de continuer, je veux m'assurer que vous savez dans quoi vous vous embarquez : d'après vous qu'est-il arrivé à Nostro et à Monique ?

— Le roi vous a aidée.

— OK… Et est-ce que vous voyez le roi quelque part ?

Klaus hésita.

— Non.

— Je ferais mieux de garder l'un de vous en vie, alors. J'en ai marre de toujours entendre les mêmes conneries : « Oh ! C'est sûrement Sinclair qui l'a aidée ! » Si l'un de vous raconte la vérité, ça m'arrangera beaucoup.

— Aïe, ça fait vraiment mal ! dit Laura au vampire qui empoignait ses cheveux. Vous pouvez me lâcher, s'il vous plaît ?

— Ta gueule, mouton.

— Tu tiens à cet homme ? me demanda Laura.

— C'est la première fois que je le rencontre !

— Oh ! OK. J'espère seulement que ça ne va pas te donner une mauvaise image de moi…

— De quoi…

Je fus incapable de terminer ma phrase : une lame lumineuse rouge doré transperça le ventre du vampire et il disparut. Ou s'évapora. Ou quelque chose dans le genre. Il n'avait même pas eu le temps de crier. Cela avait été très rapide.

Moi, en revanche, j'eus tout le loisir de m'égosiller. Ce n'était pas très royal, comme réaction, je vous l'accorde, mais je ne pouvais pas m'en empêcher. Vous voyez, dans la vie réelle, les vampires ne disparaissaient pas en mourant. Ils ne tombaient pas dramatiquement en poussière et ne s'enflammaient pas… sauf s'ils étaient exposés au soleil. Et surtout, ils ne craignaient pas d'être poignardés dans le ventre !

Pour les tuer définitivement, il fallait leur enfoncer un pieu dans le cœur et/ou leur couper la tête. C'était la seule solution pour vous assurer qu'ils ne se relèvent pas. Enfin, moi si, une fois, mais je suis un cas à part.

Sauf intervention du soleil, il restait toujours un corps.

Débarrassée à présent, Laura se recoiffait de la main droite et tenait un genre d'épée (du moins, ça y ressemblait) dans la gauche. Elle était gauchère ! Si ça n'était pas une preuve de ses origines maléfiques !

— Désolée, s'excusa-t-elle, mais je n'aurais pas supporté de sentir ses mains sur moi une seconde de plus. Beurk !

— Qu'est-ce que c'est que ce truc ? m'exclamai-je.

Elle observa l'épée couleur de flamme. Il en émanait une telle chaleur que j'avais du mal à la regarder.

— Oh ! Ça ? fit-elle comme si je parlais d'un nouveau bracelet. Je peux me servir des flammes de l'enfer pour forger des armes, c'est tout.

— Et tu peux tuer des gens avec ?

— Jamais des gens, me répondit-elle. Je serai ravie de tout te raconter plus tard.

— Ceci… euh… ceci ne change… rien du tout ! bafouilla Klaus. (On aurait dit qu'il se retenait de vomir. Je compatis.) Nous réclamons… euh… toujours… toujours…

— Vous devez accepter nos requêtes ! intervint Tommy Hilfiger. Vous ne pouvez pas tous nous… aaaaaaaaah !

Rapide comme l'éclair, Laura avait transformé son épée en arc et lui avait tiré dessus. Il s'évanouit dans un nuage de lumière comme le vampire précédent.

Quand elle baissa son arme, elle réussit à paraître modeste. Elle était si belle qu'elle ressemblait à une princesse de conte de fées. L'arme de destruction massive vampirique en plus.

— Ha ! Ha ! ricanai-je. Qu'est-ce que tu dis de ça, Klaus le craignos ? Hein ? Hein ? Attends une seconde, fis-je en me tournant vers Laura. Tu sais qu'on est tous des vampires ?

— Bien sûr !

— Et quand est-ce que tu comptais m'en faire part ?

— J'attendais que tu me le dises toi-même, répondit-elle, poussant le culot jusqu'à paraître offensée.

— Comment l'as-tu su, au juste ?

— Parfois, je… comprends les choses, tout simplement. J'ai sûrement hérité ça de ma mère.

Elle eut l'air dégoûté, comme si l'idée d'avoir quelque chose en commun avec sa mère la répugnait.

— Ta mère.

Encore plus dégoûtée :

— Le diable.

— Tu sais… que ta mère… est le diable ?

— Sa mère est le diable ? murmura la femme au bar.

— Et tu m'as quand même accompagnée chez le Thon pour sa fête prénatale sans rien dire ? Tu lui as offert un cadeau ? Tu as repris du gâteau à la carotte ? Tu as discuté avec elle ?

Je n'arrivais pas à décider ce qui m'énervait le plus : l'énième tentative de coup d'État vampirique ou le silence de Laura pendant tout ce temps.

— Tu ne m'as jamais dit que tu étais la reine des vampires, contra-t-elle, sur la défensive.

— Ça n'a rien à voir, criai-je.

— J'ai sauté sur l'occasion de rencontrer la femme qui m'avait portée pendant neuf mois.

— Et qui t'a abandonnée dans un hôpital !

— Peut-être, mais comparée à Satan, elle n'est pas si terrible que ça. Elle est même très gentille.

Elle marquait un point.

— Laura, est-ce que tu comprends ce que ça veut dire ? Satan est ta mère !

— Bien sûr que oui. Mais je ne crois pas que nos parents déterminent qui nous sommes, m'expliqua-t-elle.

J'ouvris la bouche pour crier lorsque Klaus m'interrompit :

— Excusez-moi, vous avez des problèmes plus urgents à régler, il me semble !

— Peut-être, mais ce n'est pas aussi intéressant, répondis-je. Les mauvais coups des vampires calculateurs, je connais, merci.

— Elle est trop dangereuse pour qu'on la laisse vivre cinq minutes de plus, dit la femme au bar.

— De qui est-ce que tu parles ?

— Quelle importance ? demanda Laura.

Alors, Klaus parla rapidement en français – à ce que j'y connaissais – et les portes d'entrée et du fond s'ouvrirent pour laisser entrer toutes sortes de serveuses, barmans et videurs. Ils étaient tous pâles, agités et en colère.

— J'ai déjà vu des plans plus mal foutus, dit Laura, mais si vous essayez de tous nous attaquer d'un coup, vous êtes morts.

— Tu as compris ce qu'il a dit ?

— Je suis douée pour les langues.

— Lesquelles ? demandai-je, curieuse.

— Toutes.

Bien sûr !

— Écoutez, elle a raison. On ne pourrait pas plutôt s'asseoir et discuter comme des morts-vivants et des suppôts de Satan civilisés ?

— Ne m'appelle pas comme ça, s'il te plaît.

— Désolée ! Ne me tire pas dessus !

Ma réaction parut la blesser.

— Je ne ferais jamais une chose pareille, Betsy !

— Excuse-moi…

— Vous n'avez pas le droit, s'écria Klaus avant de se jeter sur moi.

Ah ! Cette vieille bonne tactique du « parle normalement avec un air d'indifférence avant d'attaquer par surprise » ! Malheureusement, ce fut un succès. Quand il fonça sur moi, nous nous étalâmes par terre, renversant une table au passage. Plusieurs vampires se dépêchèrent de l'aider.

— Rien. N'est. Plus. Important. Que. Ça ! hurla Klaus en me cognant la tête par terre pour souligner chaque mot.

Un jeu d'enfant puisqu'il avait les mains autour de mon cou. Il était fort et rapide, comme un anaconda en colère.

— Au contraire, réussis-je à articuler avant d'être réduite au silence.

Pourquoi essayait-il d'étrangler une morte ? Ça ne pouvait pas vraiment me faire de mal. C'était seulement agaçant. Il devait être aveuglé par la colère.

Je plantai mes ongles dans ses mains pour essayer de les déloger, mais il refusait de relâcher sa prise. Tout ce que j'obtenais, c'était des lambeaux de peau. Beurk ! La mort frappait de nouveau à ma porte et j'étais dégoûtée. C'était la pire semaine de ma vie. Pour changer !

Chapitre 28

— Pas comme ça ! cria un vampire que je ne connaissais pas à l'oreille de Klaus. Il ne faut pas attaquer la reine ! On avait passé un accord !

« Ouais », voulus-je crier, mais je ne pouvais pas prononcer un mot. Alors je me contentai d'émettre un léger gazouillement en continuant à lui griffer les mains.

— Ce n'est pas la reine, marmonna-t-il avant de donner un coup de coude dans le cou du gentil vampire sain d'esprit.

Celui-ci ne fut pas blessé, mais recula. Mieux, le geste obligea Klaus à desserrer son étreinte autour de ma gorge. Je réussis alors à glisser mes mains entre les siennes pour le repousser. Il me lâcha enfin, sans pour autant se relever.

— C'est dans des moments comme celui-là que j'aime réciter des prières, dis-je tout en continuant à le griffer et à le frapper de toutes mes forces pour essayer de me dégager. (J'avais l'impression de revivre mon bal de promo !) « Le Seigneur est mon berger, rien ne saurait me manquer. » Ou « Dieu est grand,

Dieu est bon. Remercions-le pour cette nourriture. » Ou « Jésus m'aime, je le sais, car la Bible me le dit. »

Klaus criait en se bouchant les oreilles à présent, et je n'eus qu'à le repousser une dernière fois pour me dégager totalement. Alors je me redressai sur mes coudes et terminai, triomphante :

— Et Dieu bénisse ce merdier !

Heureusement que mon petit discours avait porté ses fruits car j'étais à court de psaumes. Le gentil vampire sain d'esprit avait ouvert la porte en grand et faisait signe aux autres pour qu'ils le suivent. Certains s'exécutèrent – je m'occuperais de leur cas plus tard –, mais un nombre inquiétant d'entre eux demeura en arrière, dont Klaus qui avait battu en retraite à côté du bar, le visage déformé par la haine et la peur, les mains sur les oreilles.

Laura toussa et balaya l'air d'une main devant son visage. Je me rendis compte que la demi-douzaine de vampires qui s'était tenue devant elle avait disparu. Comme évaporée. Il n'en restait qu'une. L'arc de Laura avait repris sa forme d'épée. Elle bloqua l'attaque de la vampire (plus connue sous le nom de « femme du bar ») et la frappa en pleine poitrine. Adieu, pilier de comptoir rasoir !

— Ah ! Ah ! m'exclamai-je en pointant le doigt dans sa direction. Qu'est-ce que vous pensez de ça ? Hein ? Hein ? Vous ne pensiez pas qu'elle était le sup… la fille de Satan quand vous l'avez capturée, pas vrai ? (Un nouveau vampire m'attrapa par les cheveux et me tira en arrière, mais je m'en moquais.) Pas vrai ?

La victoire me faisait délirer.

— Betsy, commença ma merveilleuse sœur aux super pouvoirs trop cool avant de s'interrompre pour reprendre la baston.

En plus d'avoir des armes forgées dans les flammes de l'enfer, je me rendis compte qu'elle savait très bien se battre à mains nues. Entre deux cours d'éducation religieuse et deux ventes de gâteaux au profit de l'église, elle avait sûrement réussi à obtenir quelques ceintures noires. Il ne restait plus qu'à l'habiller correctement et elle serait parfaite !

— Ne t'inquiète pas pour moi, lui lançai-je même si mon crâne me lançait comme une dent cariée. Je contrôle la s... Aïe !

— Ta gueule, salope ! grogna l'un d'eux.

— Ta gueule toi-même ! rétorquai-je. Ce genre de choses m'arrive tout le temps, tu sais ? Ça en devient lassant.

Et terrifiant. Mais surtout lassant.

Deux autres – heureusement, ils étaient de moins en moins nombreux grâce à Laura et à leur lâcheté – se dirigèrent directement vers moi, tandis que j'entendis quelqu'un casser le pied d'une chaise. Intéressant. Celui qui me retenait raffermit sa prise, un bras sous ma gorge et une main dans mes cheveux. Pas question de me laisser bouger. S'il savait, le pauvre ! Les pieux n'avaient aucun effet sur moi ! Voilà, c'est dit. Bien sûr, ça allait me faire un mal de chien et ruiner mon tee-shirt... et s'il décidait de me couper la tête pour s'assurer que le travail était bien fait, ça pouvait causer quelques complications. Je pouvais toujours acheter un nouveau tee-shirt, mais ma tête, elle, j'en avais besoin.

J'étais sur le point de les torturer de nouveau avec des psaumes lorsque Laura s'occupa du vampire à ma droite. Paf ! Pouf ! Impressionnant ! Elle était tellement cool que mille pages n'auraient pas suffi à la décrire. Avec ses cheveux étincelants, sa frange bien sage, ses vêtements quelconques et son épée brandie, qui faisait mal aux yeux, elle ressemblait à un ange vengeur.

Soudain, le vampire à ma gauche fut tiré en arrière. Un craquement écœurant retentit lorsque sa tête rentra en collision avec le mur. Avec les remerciements de... Surprise ! Éric Sinclair. Il était apparu tout à coup (il avait dû se frayer un chemin à travers les vampires qui s'enfuyaient) et s'était emparé de l'ennemi le plus proche. Quand sa victime retomba, je me rendis compte que tout son visage avait été enfoncé par le choc. Mais le pire, c'est que ça ne l'avait pas tué. Il rampait sur le sol en ciment comme un scarabée tout sonné et essayait de tirer sur son nez pour le faire ressortir.

— Bah, mais quelle horreur ! m'écriai-je.

— Waouh ! s'exclama Laura, les yeux écarquillés.

— Relâche-la, ordonna Sinclair au gars qui me retenait, ou l'on écrira des livres sur ce que je vais te faire.

Le vampire s'exécuta si rapidement qu'il m'arracha une mèche de cheveux au passage. Je criai et le repoussai.

Alors, étonnamment, il ne resta plus que nous trois dans le *Scratch*. Deux vampires avaient soulevé le gars avec le ravalement de façade avant de se carapater.

Ah non ! Attendez ! J'oubliais quelqu'un ! Klaus avait retroussé les babines dans son coin, comme un roquet qui saute sur tout ce qui bouge, du postier à l'élève de maternelle.

Quand Sinclair se tourna vers lui, je l'arrêtai d'un geste de la main.

— Une minute, mon bon monsieur. Je m'en occupe. Alors comme ça, on veut faire la grève ? Alors comme ça, on forme un syndicat dans ma boîte de nuit, hein ?

— Une honte, ajouta Laura.

— Ta gueule, salope démoniaque ! cracha Klaus.

— Ne l'appelle pas comme ça ! rétorquai-je, choquée. S'il y a quelqu'un qui n'est pas une salope, c'est bien elle ! Tu es simplement en colère parce que ta mort est imminente !

Il retroussa les babines, ce qui aurait été plus effrayant si Sinclair n'avait pas été à mes côtés.

— Ce n'est pas terminé, Betsy.

— Excellent ! le félicitai-je. J'aurais aussi accepté « tu n'en as pas encore fini avec moi » et « tu vas le regretter ! » (Je saisis le pied de chaise et lui transperçai le torse. Pourquoi n'y avait-il pas de chaises en métal dans un bar à vampires ?) *Sayonara*, Dents-qui-courent !

Contrairement aux victimes de Laura, il tomba simplement en avant, ce qui enfonça davantage le pieu dans son corps – beurk ! –, et demeura ainsi, comme un vieil insecte mort.

Maintenant que j'avais fait mon devoir, j'étais partagée entre plusieurs impulsions. Je commençai avec l'une d'elles : courir vers Laura et la prendre dans mes bras.

— Laura ! Tu as été fantastique ! Je suis désolée de t'avoir mêlée à tout ça, mais waouh ! Tu as été géniale !

— J'espère que tu ne me vois pas comme une grosse méchante maintenant, expliqua-t-elle. La violence n'est jamais la meilleure solution… mais ils ne voulaient pas entendre raison et je ne voulais pas que tu sois blessée !

— Que je sois blessée ? Laura, tu es merveilleuse ! Tu le sais ? Comment as-tu fait ça ? Pourquoi est-ce que ton arme se transforme parfois en épée et parfois en arc ? Tu peux en forger d'autres ? C'est un cadeau de ta mère ?

Riant, elle retourna l'épée de façon à la tenir dans sa paume au lieu de son poing avant de la ranger contre sa hanche droite. Sauf qu'elle n'avait pas de fourreau. L'épée disparut… Pourtant, j'avais la sensation qu'elle était toujours là.

En attente.

Je me tournai vers Sinclair.

— Et toi ! Ce n'est pas que je ne sois pas contente de te voir, mais…

— Elizabeth ! (Son ton me donna envie de me recroqueviller sur moi-même. Je ne l'avais jamais vu si furieux. Il avait les paupières dangereusement plissées et même ses cheveux emmêlés semblaient en accord avec son humeur. Je dus me faire violence pour ne pas les recoiffer avec mes doigts. Sa chemise blanche n'était pas boutonnée jusqu'en haut ; il ne portait ni chaussettes ni manteau : il était parti à la hâte.) À quoi pensais-tu en t'engageant dans un combat avec deux dizaines de vampires ?

— Ce n'est pas moi qui ai commencé, répondis-je, choquée.

Il me tenait par les épaules. Ses doigts commençaient à me mordre la chair.

— Quand je leur ai dit qu'ils ne pouvaient pas tuer des gens, ils se sont mis en grève ! Ce qui n'est pas aussi non violent que ça en a l'air, soit dit en passant.

— Tu aurais pu te faire tuer ! grogna-t-il, mâchoire crispée. Promets-moi de ne plus jamais, jamais refaire une chose pareille !

— Mais je n'ai rien fait du toummmmmmmmmmm !

Il m'avait violemment attirée à lui pour me faire taire d'un baiser. J'étais tellement surprise qu'il m'embrasse, surprise qu'il soit en colère, que je demeurai figée pendant quelques instants, à me laisser faire. Puis je réussis à m'écarter... du moins, à écarter mes lèvres. J'avais la tête en arrière comme un serpent, mais mon torse était toujours serré contre le sien.

— Attends une minute ! Je suis très contente de te voir, mais j'ai du mal à comprendre.

Un léger sourire naquit sur ses lèvres.

— L'univers reprend sa course !

— Au diable l'univers, rétorquai-je en laissant libre cours à mes envies. (Je libérai mon bras pour le recoiffer.) Je croyais que tu draguais Laura.

— Je l'ai vue plusieurs fois, répondit-il, l'air perdu.

— Oui, mais je pensais... tu sais, après t'avoir forcé à coucher avec moi...

— Deux fois, ajouta-t-il. (Il essayait de ne pas rire, je le sentais.) Après m'avoir violé deux fois. Enfin, une fois et demie.

— Euh, voilà. Je pensais que tu ne me trouvais plus à ton goût...

Son expression se fit perplexe.

— Plus à mon goût ?

— Laura est si jolie, avec ses seins fermes…

— Merci ! me lança Laura depuis le bar où elle se concoctait un Shirley Temple.

— Et tu étais si méchant avec moi…

— J'ai agi un peu froidement, admit-il en se détendant.

Il ne me relâchait pas pour autant, remarquai-je.

— Un peu ?

— J'ai été blessé quand j'ai appris que tu ne m'avais sauté dessus que sous le coup d'une folie démoniaque.

— Je n'entends rien du tout, annonça Laura tout en glissant une cerise dans son verre. Faites comme si je n'étais pas là.

Aucun problème.

— Je suis désolée. Je ne veux pas que tu croies que j'ai envie de toi seulement quand je suis timbrée.

— Ce n'est pas le cas. Je me suis raccroché à la pensée que tu n'agissais pas dans l'intention de me faire du mal. Pour être franc, je n'ai pas pu te quitter, surtout pas en te sachant vulnérable à cause du *Livre*. J'ai trouvé cela étrange que l'enfant du diable se manifeste si facilement après ta lecture, et je n'aime pas les coïncidences. Alors, j'ai décidé d'en apprendre le plus possible à son sujet.

— Alors, c'était des… des rendez-vous professionnels ? (J'avais l'impression d'être encore plus conne que d'habitude. Il ne me quittait pas des yeux, et ne m'avait toujours pas lâchée. Remarquez, je ne le lui avais pas demandé.) Tu ne t'intéressais pas à elle sur le plan amoureux ?

— Je ne pourrais jamais sortir avec lui ! s'exclama Laura, tellement choquée qu'elle posa violemment son verre et en renversa le contenu sur le bar. C'est un vampire !

— Et je ne pourrais jamais m'intéresser à elle, dit-il, parce qu'elle n'est pas toi. Et pour ta gouverne, rétorqua-t-il en se tournant vers Laura, une fois qu'on a goûté aux morts-vivants, on ne retourne jamais en arrière.

— Beurk ! Betsy, je n'arrive pas à croire que tu pensais que j'essayais de te piquer ton petit ami ! me reprocha-t-elle.

— Consort, la corrigea Sinclair.

— Je suis désolée. Je vous présente mes excuses à tous les deux. J'ai tiré des conclusions hâtives et stupides. (Je le serrai contre moi.) Je n'ai jamais été aussi heureuse d'avoir tort ! Et avec tout l'entraînement que j'ai, on pourrait croire que…

Il recula pour me regarder dans les yeux.

— Elizabeth, même si je ne t'adorais pas, tu es ma reine. Nous sommes destinés à être ensemble. Je l'ai su à l'instant où je t'ai vue dans la crypte.

— C'est tellement romantique…, soupira Laura en rinçant son verre.

— Sinclair… Éric… (Pourquoi est-ce que les moments importants de ma vie se déroulaient toujours en présence de témoins ?) Je… Je t'adore aussi. Enfin, je ne sais pas si je t'adore. Je n'ai pas l'habitude d'utiliser ce mot. Mais je… Je… (Allez, courage, j'allais y arriver. Mon dieu, c'était vraiment difficile !) Je t'aime.

— Évidemment, répondit-il sans afficher la moindre surprise.

— Quoi ? J'arrive enfin à te faire part de mes sentiments les plus profonds et tout ce que tu trouves à dire, c'est « Oui, on m'a déjà mis au courant » ? Voilà ce qui me rend dingue chez toi ! Voilà pourquoi je n'arrive pas à te parler ! Je retire ce que j'ai dit.

— Tu ne peux pas, fit-il d'un air suffisant.

— Bien sûr que si ! Je retire ce que j'ai dit ! Et n'essaie même pas de m'embrasser ! m'écriai-je quand je le sentis s'approcher. Pourquoi est-ce que tu es toujours si énervant et sûr de toi ?

— Parce qu'avec toi à mes côtés, je suis capable d'accomplir n'importe quoi.

Sa réponse me calma un peu. Il avait toujours ce petit air supérieur, mais c'était mignon… pour quelqu'un de terrifiant qui aurait pu dominer le monde.

— Bon… alors, je suppose que je ne le retire pas. Pas entièrement.

— Évidemment.

J'eus envie de retrousser les babines.

— Ça doit vouloir dire que je t'aime vraiment.

— Et moi aussi, ma tendre Elizabeth. Je te chéris, mon amour, ma bien-aimée.

OK. Maintenant, j'étais tout à fait calmée.

— Alors, d'accord.

— Où sont ces foutues serviettes ? pleura Laura derrière le bar.

Sinclair replaça une mèche de cheveux derrière mon oreille.

— Tu as mis le collier que je t'ai offert.

Je portai une main à la petite chaussure en platine qu'il m'avait donnée à son retour d'Europe, quelques jours auparavant seulement… J'avais l'impression qu'une éternité s'était écoulée depuis.

— Oui… J'en avais besoin ce soir. Pour me porter chance, tu sais ?

Il sourit.

— Tu étais vraiment jalouse ? Tu pensais que je faisais la cour à Laura ?

— Peut-être un peu. Arrête de sourire !

— Oui, oui, répondit-il en tâchant de m'obéir. Excuse-moi de t'avoir donné des raisons de douter.

— Comme si tu ne t'étais pas rendu compte qu'elle est incroyablement belle, rétorquai-je.

— Elle n'est pas toi, répondit-il simplement.

C'était flatteur… mais il ne répondait pas à ma question.

— Éric… En parlant de doute…

Je cherchai mes mots. Je ne pouvais pas laisser passer cette occasion, qui ne se représenterait peut-être jamais. Même le plus puissant des vampires n'était pas télépathe.

— Je me sentirais plus… en couple avec toi, si nous… si nous nous mariions.

— Nous sommes déjà mariés, répondit-il, perplexe.

— Je ne parle pas du mariage du *Livre des Morts*, mais d'un vrai mariage avec un prêtre, enfin un juge, et ma mère, une pièce montée, des hymnes – euh, des chansons – et une alliance et une danse.

— Oh ! (Il avait l'air horrifié.) Euh… Je vois.

— Tu vois ? Seulement maintenant ? Pourquoi n'as-tu pas compris plus tôt ? Je m'en plains tout le temps !

— Il suffisait que tu me poses la question.

Je décidai de ne pas relever.

— Écoute, je sais que tu en as marre de m'entendre rabâcher, mais tu ne m'as pas demandé mon avis avant de faire de moi ton consort. Je ne sais pas grand-chose sur toi… nous n'avons pas une relation très profonde.

— Pour être franche, je pense que c'est autant ta faute que la sienne, intervint Laura, la bouche pleine d'olives.

Quand nous nous tournâmes vers elle, elle ajouta :

— Pardon. C'est l'impression que j'ai eue.

— Peu importe. Un vrai mariage serait… J'en rêve vraiment.

— Mais nous sommes déjà mariés.

Sinclair ne semblait pas comprendre l'essentiel du problème.

— Je n'en ai pas l'impression !

— Et un vrai… (Le coin de ses lèvres se retroussa comme si l'idée de m'épouser lui faisait penser à une crotte de chien fraîche.)… mariage… t'en donnerait l'impression ?

— Absolument.

Il me prit les mains.

— Tu es si immature, me dit-il en me dévorant des yeux, que tu me coupes le souffle.

Je le repoussai vivement.

— Hé ! La ferme ! Tu n'as pas besoin de respirer, je te signale ! Alors ? Oui ou non ?

Il soupira.

— Oui.

J'étais choquée.

— Vraiment ? Oui ? Tu vas le faire ?

— Bien sûr ! Il suffisait que tu me le demandes.

— Que je te le demande, moi ? Tu vois, c'est ça le problème ! Tu…

— Elizabeth, ma chérie. Tais-toi, dit-il avant de m'embrasser de nouveau.

Chapitre 29

— Vous allez vous marier ? s'exclama Marc, bouche bée.

Nous buvions du chocolat chaud et mangions des tartines, attablés dans la cuisine. Jessica était assise de l'autre côté de Marc, et Tina et Sinclair se trouvaient à ma droite. Retour à la normale. Je faillis soupirer d'aise.

— Un mariage ? Un mariage vampirique ?

— Arrête de te répéter, on dirait un perroquet qui déraille.

— Vous avez intérêt à faire une messe de minuit ! rétorqua-t-il.

— Je suppose, oui. Aucun problème. On pourrait faire un thème « Minuit dans la roseraie », avec des tonnes de fleurs rouges et blanches…

Sinclair venait-il de frissonner ?

Derrière son journal économique, il faisait semblant de ne pas nous écouter, mais je savais très bien qu'il prêtait attention au moindre mot. Alors que j'allais lui faire une remarque cinglante, Tina me coupa dans mon élan.

— C'est prévu pour quand ?

— On n'a pas encore décidé. J'avais pensé à Pâques, mais euh... Peut-être à l'automne prochain.

— En automne, c'est mieux, intervint Jessica. L'organisation va prendre du temps.

Je ne rêvais pas : il frissonnait vraiment !

Elle continua :

— Vous allez continuer à vivre ici, pas vrai ? Il y a bien assez de place !

— Bien sûr, répondit Sinclair d'un ton détaché en tournant une page. C'est notre quartier général. Je ne vois aucune raison de déménager. En revanche, ajouta-t-il d'un air rusé, tu pourrais nous offrir le loyer en guise de cadeau de mariage...

— Il n'en est pas question ! s'écria Jessica avant de se rendre compte que je portais le pendentif en chaussure. (Elle sourit.) OK, peut-être pour un mois.

— On pourrait revenir sur les morts, la trahison et tout ? nous interrompit Marc.

Il était tellement concentré qu'il ne s'était pas rendu compte que sa tartine était tombée dans son thé. Ah non ! Pardon ! Il aimait les manger comme ça. J'en frissonnai.

— Si j'ai bien compris, les employés du *Scratch* se sont ligués contre toi ? Et Miss Vertu et toi leur avez réglé leur compte ?

— Ne l'appelle pas comme ça ! Et oui, pour la plupart, clarifiai-je. Certains ont réussi à s'échapper.

— De vrais rats !

En voyant le regard que lui adressait Tina, Jessica ajouta, sur la défensive :

— C'est vrai, quoi ! Ils lui sautent dessus quand ils savent qu'il ne peut rien leur arriver, mais dès qu'il y a du grabuge, ils détalent. Et ce n'est pas la première fois ! Ne va pas me faire croire que vous pouvez défendre tous les vampires !

— Non, admit-elle.

— Des mesures seront prises, fit Sinclair sans lever les yeux de son journal.

Quelle habitude énervante ! Je devrais travailler là-dessus après notre mariage.

— En effet, répondit Tina. Avec tout le respect que je vous dois, Majesté, j'aurais aimé que vous nous informiez de votre déplacement. Vous n'auriez pas dû y aller sans moi. Mon rôle est de vous protéger face au danger.

— Tu parles à qui, là ? s'enquit Marc.

— Je n'en ai pas eu le temps, expliqua simplement Sinclair.

Je perdis l'envie de rire.

— Au fait, comment savais-tu où me trouver ? demandai-je. Ça fait des heures que je me pose la question.

Jessica toussa discrètement.

— Il se pourrait que je lui aie dit ma façon de penser…

— En quelque sorte, admit-il. Je ne suis pas allé là-bas pour te sauver, mais pour… (Il jeta un coup d'œil autour de lui. Nous buvions tous ses mots. Il avait cet effet sur les gens.) C'est… un sujet… qui ne concerne qu'Elizabeth et moi. Il va sans dire que je n'ai pas apprécié de découvrir que la reine était encore en danger.

— Une dernière fois, mon pote : Pas. Ma. Faute.

— Tu dis. Toujours. Ça.

— En tout cas, peut-être qu'après le mariage, les autres vampires te respecteront davantage ! lança Marc.

Sous nos regards glaciaux, il ajouta :

— Quoi ? Ça ne peut pas être pire !

Comme j'avais eu exactement la même pensée plus tôt, je n'étais pas en position de le critiquer. Pas sur ce point, en tout cas.

— Le plus étonnant…

— À part rédiger un menu d'amuse-bouches pour des gens qui ne mangent pas…, marmonna Sinclair.

— C'était Laura ! Vous ne pouvez même pas imaginer ! Elle découpait des vampires à droite, à gauche. Je n'ai jamais rien vu d'aussi cool ! (Sinclair et Tina se regardèrent.) C'étaient de méchants vampires, bien sûr ! Ça n'aurait pas été aussi cool si elle avait tué de gentils vampires orphelins.

— Avec une épée de lumière ? demanda Tina.

— Euh, plutôt forgée dans les flammes de l'enfer, si tu veux rentrer dans les détails techniques. Parfois, elle se transforme en arc et elle apparaît et disparaît à sa guise.

— Logique, dit Marc.

Je n'arrivais pas à déterminer s'il plaisantait ou non.

— Pourtant, elle est si gentille ! fit remarquer Jessica. Je ne l'ai pas encore rencontrée, mais Éric et toi n'arrêtaient pas de le répéter.

— Oui, intervint Tina. C'est très intéressant. Vous pensez qu'elle joue la comédie ?

— Non, répondis-je en même temps que Sinclair.

— Hmm…

Posant son journal, Sinclair attrapa un stylo pour prendre des notes dans la marge. Au moins, il n'écrivait pas à quel point il me détestait. J'en étais presque sûre. Je n'avais jamais remarqué qu'il notait tout en latin ou dans une langue similaire.

— Je suggère que nous apprenions à la connaître davantage et pas seulement parce qu'elle fait partie de la famille. (Il leva les yeux vers moi.) Nous formerons une famille, après le mariage… ce merveilleux mariage !

— Je mange avec Laura demain soir, annonçai-je. Je lui dois au moins un chocolat chaud. Je pourrais lui poser quelques questions… mais elle n'a pas l'air de se confier facilement.

Marc ricana.

— On ne s'en serait pas doutés !

Chapitre 30

Je m'arrêtai devant la chambre de Sinclair. Le soleil allait bientôt se lever et la seule évocation des récents événements (et d'y avoir survécu) m'épuisait. J'avais avoué la vérité à Sinclair… à moi-même. Et maintenant ? Je savais qu'il partageait mes sentiments. Nous étions fiancés, nous habitions ensemble. Nous étions vraisemblablement amoureux. Alors, devions-nous dormir dans la même chambre ? Ou attendre jusqu'au mariage ?

Bien sûr, je le désirais plus que tout. Son côté mauvais garçon me faisait saliver. Je voulais vraiment partager un lit avec lui. Je voulais me faire pardonner de l'avoir utilisé. Je voulais entendre sa voix profonde dans le noir… dans ma tête.

D'un autre côté, après ce que je lui avais fait subir, avais-je le droit d'espérer qu'un simple baiser suffise à nous réconcilier ? Si la situation avait été inversée, je lui en aurais voulu pendant au moins un an. Je devrais peut-être lui laisser du temps.

D'un autre côté, il était venu me retrouver au *Scratch* spécialement pour… pour faire quoi au juste ? En tout cas, il m'avait encore sauvée. Alors, lui dire « vis ta vie, mon grand » n'était sans doute pas approprié.

J'étais vraiment crevée. Et merde ! Je m'occuperais de tout ça le lendemain soir.

Me tournant, je traînai les pieds jusqu'à ma chambre… qui pourrait devenir une source de dispute. Encore une. Je dormais dans la chambre principale de la maison… Et dans une baraque comme celle-ci, ce n'était pas rien. Après le mariage, Sinclair voudrait probablement la partager avec moi. Problème : il était aussi pointilleux avec ses costumes que je l'étais avec mes chaussures. Sinclair avait une place dans mon cœur, mais en avait-il une dans mon placard ?

Quand j'ouvris ma porte, je hoquetai de surprise. Sinclair était allongé dans mon lit, torse nu (au moins), couverture relevée jusqu'à la taille, plongé dans divers livres poussiéreux. Il releva la tête.

— Ah ! Tu es là. Prête pour aller au lit ?

Je resserrai ma prise. Sur la poignée de la porte.

— Tu ne trouves pas ça un peu présomptueux de ta part ?

— Nullement.

— J'ai décidé de te laisser de l'espace après avoir longuement débattu derrière ta porte, je te signale !

— C'est gentil. Maintenant, déshabille-toi.

Je levai les yeux au ciel, partagée entre l'agacement, le désir et le bonheur, tout simplement. On pouvait au moins dire une chose à propos d'Éric Sinclair : il n'hésitait jamais.

— OK, répondis-je en fermant la porte. Mais ne crois pas que ce sera aussi facile tous les soirs.

— Je l'espère bien ! Tu sais, tu es la seule femme qui ait jamais osé se refuser à moi.

— Je comprends mieux ton sale caractère !

— Tina m'avait exposé la même théorie, fit-il remarquer, pensif, mais je ne l'avais pas écoutée.

Après avoir retiré mon tee-shirt, m'être extirpée de mon jean et fait voler mon soutien-gorge et ma culotte de l'autre côté de la pièce, je repoussai quelques livres puants, sans prêter attention à son air outré, et me glissai sous les couvertures.

— Il y a des sushis sur tes chaussettes ? demanda-t-il.

— Qu'est-ce que tu as contre la cuisine japonaise ? Tu n'aimes pas mon pyjama, ni mes chaussettes…

Il sourit.

— Il se pourrait que ça tue un peu l'ambiance.

— Hé ! J'ai froid, moi !

— Si je t'aide à te réchauffer, dit-il en m'attirant contre son torse, tu me promets de les enlever ?

— Adjugé ! répondis-je en pressant mes lèvres contre les siennes.

Il passa ses bras autour de ma taille avant de s'aventurer plus haut. Peu importait ce qui s'était passé entre nous. À cet instant précis, tout était parfait.

Quand je glissai une main entre nos deux corps pour le caresser, déjà dur, je me demandai brièvement comment les vampires fonctionnaient… Puis, toute pensée me quitta lorsqu'il m'attrapa par les fesses pour me serrer contre lui, si fort qu'on n'aurait pas pu faire passer une feuille de cellophane entre nous. Ses lèvres glissèrent jusqu'au creux de mon cou.

Oh ! Elizabeth, Elizabeth, enfin, enfin !

Je faillis soupirer de soulagement. Je l'entendais de nouveau dans ma tête ! Je n'étais plus démoniaque du tout ! Je ne m'en étais pas vraiment inquiétée, mais cette intimité m'avait manqué.

— Je t'aime, murmurai-je.

Elizabeth, oh ! mon Elizabeth !

Il me serra un peu plus fort contre lui, un instant silencieux, avant de répondre contre ma nuque :

— Je t'aime aussi. Je t'ai toujours aimée.

Toujours. Pour toujours.

— Tu peux me mordre, si tu ve…

Ses dents percèrent ma peau, et il me lécha le cou. La sensation nous fit frissonner tous les deux. Il suffisait qu'Éric me morde, et aussitôt j'avais l'impression que tout allait bien. Avec lui à mes côtés, cela ne me dérangeait pas d'être morte. En fait, être avec lui était l'opposé de la mort.

— Oh ! Mon D… Oh ! f'est bon !

Il faillit s'étouffer en riant. Je me penchai pour lui chatouiller les bijoux de famille.

— Arrête fa tout de fuite où ve fante un hymne !

— Tout sauf ça, ma chérie. Tu devrais t'entraîner davantage, t'habituer à l'odeur.

— Ve n'aime le faire qu'avec toi, répondis-je.

Il me mordit de nouveau, de l'autre côté.

Et moi avec toi, tu es si douce, tu es comme le vin, tu es… tout pour moi.

— Hmm… (Je tremblai comme sous le coup de la fièvre. J'avais tellement envie de lui !) Prends-moi. J'ai attendu assez longtemps. Et n'essaie même pas de me dire que c'est ma faute !

Il rit de nouveau en s'exécutant ; je passai les jambes autour de sa taille pour l'aider à me pénétrer entièrement. Et oh ! c'était si doux, comme du vin, c'était tout pour moi ! Je lui léchai la gorge avant de le mordre : oui, du vin.

— Elizabeth, grogna-t-il en donnant un coup de reins plus violent.

Se saisissant de mes cuisses, il les écarta, les cloua au lit. Il s'enfonça davantage, poussa plus fort, me pénétra entièrement. Et c'était bon… Si bon !

Elizabeth, je t'aime, il n'y a personne d'autre. Personne.

— Ah ! hoquetai-je.

Le voilà. Le déclencheur. Je pensais que mon orgasme était encore loin, pourtant il se cachait à un détour et quand il prononça mon nom, du moins, quand il le pensa, je me sentis m'ouvrir sous ses mains, son sexe, sa bouche. J'avais l'impression de rentrer enfin chez moi.

— Écoute-moi bien, dit-il soudain d'une voix tremblante. (Au travers des voiles du plaisir, je ressentis un choc… je ne l'avais jamais entendu parler comme ça.) Elizabeth. Écoute-moi. Ne refais plus jamais ça. Ne t'échappe plus jamais. Ne m'effraie plus comme ça. Promets-le-moi.

Techniquement, je ne m'étais pas vraiment échappée. J'essayais simplement de reprendre le pouvoir. Et je ne comptais pas lui faire peur, mais…

— Promets-le-moi !

— OK, OK, je te le promets. Je ne voulais pas t'effrayer.

Tu es la seule personne qui puisse m'effrayer.

— Très bien, dit-il sur un ton qui lui ressemblait davantage.

Dieu merci. Alors, il passa délicatement son pouce sur mon clitoris, et cette fois-ci, quand je tremblai, il ne fut pas long à me suivre.

Il me fallut un certain temps pour reprendre mes esprits et me décider à bouger… ou plutôt à m'extirper de sous Sinclair et à me retourner comme un poisson hors de l'eau. Quand je lui donnai un coup sur l'épaule pour qu'il me fasse un peu de place, il grogna.

— Eh bien… C'était…

« Orgasmique » ? Trop évident. « Bouleversant » ? Trop cliché. « Fantastiquement merveilleux » ? Trop mielleux.

Il me prit la main pour y déposer un baiser.

— Sublime.

— Ah ! Le mot juste.

Il rit tandis que j'hésitai. Depuis le début, je savais parfaitement qu'il ignorait que je lisais dans ses pensées lorsque nous faisions l'amour (quand je n'étais pas démoniaque). Je n'avais jamais trouvé un moyen de le lui dire. Il était si calme, si maître de lui que je ne savais pas comment éviter qu'il panique ou qu'il se mette en colère. Après tout, moi-même, je ne me l'expliquais pas : c'était la première fois que je lisais dans les pensées de quelqu'un… et cela ne marchait qu'avec lui.

Mais l'heure était venue. Notre relation n'avait jamais été meilleure, plus confortable ou naturelle que ce soir-là. En fait, je ne m'étais jamais sentie aussi heureuse, aussi aimée et en sécurité. J'allais lui en parler et il ne paniquerait pas. Cela ne changerait rien entre nous.

— Bonne nuit, ma douce, dit-il tandis que le soleil commençait son ascension dans le ciel.

Je ne le voyais pas, mais je le sentais. Le sommeil m'envahit.

Et le moment passa…

Chapitre 31

— Bon, fis-je en m'éclaircissant la voix, si tu me parlais de ces pouvoirs démoniaques ?

Laura engloutit sa dernière bouchée de muffin aux myrtilles. Nous étions installées au *Café Caribou* à Apple Valley, devant des muffins (dans le cas de Laura, bien sûr) et du thé blanc. Après les événements de la veille, j'avais été tentée d'annuler notre rendez-vous et de passer la nuit au lit avec Éric, mais combien avais-je de demi-sœurs ? Réponse : une seule, pour l'instant.

— Betsy ? Quelque chose te tracasse ?

— Non, non. Enfin si, peut-être.

Les grands yeux bleus de Laura étincelaient de reproches. Cela aurait été plus impressionnant si elle n'avait pas eu des miettes collées à sa lèvre inférieure.

— Tout le monde a des secrets, Betsy. Surtout toi.

Je lui tendis une serviette.

— Hé ! Je suis totalement ouverte par rapport à mon style de vie vampirique répugnant.

Elle rit.

— Écoute, on ne se connaît que depuis quelques jours… Avant ça, j'ignorais jusqu'à ton existence ! Je ne savais pas comment te dire que j'étais morte sans te faire fuir… ou que tu penses que je n'avais pas pris mes pilules roses.

— Tu serais surprise des choses qui m'étonnent ou non.

— J'étais là, je te signale. Maintenant, je ne serais plus surprise. Du moins, plus autant. On n'a qu'à faire du… du truc, là !

— Du troc ? répondit-elle avec toute sa gentillesse.

— Oui, c'est ça. On va essayer : je dévoile un de mes plus étranges secrets, puis tu fais la même chose, OK ?

— Euh…

— Allez ! la poussai-je. On est sœurs ! Il faut qu'on apprenne à se connaître !

Elle joua nerveusement avec sa tasse.

— OK, tu commences.

— D'accord. Voyons… Hier soir, ce n'était pas la première fois qu'un groupe de vampires caractériels essayait de me tuer.

Elle hocha la tête.

— Merci d'avoir partagé ça avec moi.

— À ton tour.

— Quand j'avais huit ans, j'ai volé un sifflet en plastique au supermarché.

— Laura !

Elle baissa les yeux, honteuse.

— Je sais, je sais. Je me sentais tellement mal que j'en ai tout de suite parlé à ma mère et au pasteur… autrement dit, mon père.

— Pour l'amour du Ciel, qu'est-ce que c'est que ces aveux ? Je parlais de choses vraiment terribles, démoniaques !

— Voler est un péché.

Je posai la tête sur la table.

— Je parle de choses pires que ça. Pas de bêtises d'enfants… Je dois te parler sérieusement, mais je ne pourrai pas le faire si je ne me sens pas plus proche de toi.

Ses yeux s'arrondirent de curiosité.

— Et pourquoi pas ?

Je suis nulle pour annoncer aux gens des détails intimes qui les concernent.

— Parce que…

— Pourquoi ne m'en parles-tu pas franchement ? fit-elle en me caressant les cheveux. Libère-toi de ce poids. Tu te sentiras mieux.

— D'accord. Bon. Tu sais que ta mère est le diable… ? Malgré son air crispé, je poursuivis :

— Et tu sais comment… Attends une minute ! Comment est-ce que tu sais que ta mère est le diable ?

— Mes parents me l'ont dit.

— Ta mère et le pasteur ?

J'essayai de retenir ma mâchoire en vain : elle finit par tomber.

— Oui.

— Et eux, comment étaient-ils au courant ?

— Satan leur a dit. Je pense qu'elle a pensé que ce serait drôle… qu'ils allaient se débarrasser de moi. Et puis, elle m'a rendu visite quand j'avais treize ans.

Je remarquai qu'elle n'employait pas le mot « maman ». En fait, elle pressait tellement les lèvres qu'elles avaient presque disparu.

— Elle m'a tout raconté : la possession d'une femme avec peu de personnalité, sans vouloir t'offenser…

— Aucun problème.

— Et le fait que mon destin était de dominer le monde. Elle est fière de moi car je ne ressemble à personne…

Le verre de lait explosa dans ses mains. Il n'y avait presque plus de liquide à l'intérieur, mais j'en essuyai frénétiquement les gouttes renversées sur la table. Laura, elle, continuait à s'énerver.

— Mais ça ne dépend pas d'elle, tu sais ? Pas du tout ! C'est ma vie et je me fous totalement du destin et de toutes ces fadaises ! Ça ne veut absolument rien dire ! Je ne suis pas obligée d'être méchante. Je n'ai pas été élevée comme ça. Le diable ne m'a pas élevée, c'est ma mère et mon père qui l'ont fait. Alors, elle n'a pas son mot à dire sur la façon dont je mène ma vie ! Un point, c'est tout ! C'est tout ! C'est vraiment tout !

De la bouche de n'importe quel autre adolescent, un tel discours aurait paru normal… sauf que ses cheveux blonds avaient viré au rouge profond et que ses yeux avaient pris une teinte vert poison. Je reculai le plus loin possible sans tomber de ma chaise, pendant qu'elle me criait littéralement au visage.

— D'accord, répondis-je enfin. (Je l'aurais bien repoussée, mais si je me lâchais, j'allais finir sur le sol du *Café Caribou*.) OK, Laura. Tout va bien. Personne ne te force à faire quoi que ce soit.

Elle se calma légèrement.

— Je suis désolée. Je… ça me rend dingue. Vraiment.

— Tout va bien.

— Je ne suis pas comme ça.

— D'accord.

— Je ne serai pas comme ça.

— OK, Laura.

Fascinée, j'observai ses cheveux s'éclaircir encore et encore jusqu'à reprendre leur couleur blonde et ses farouches yeux verts redevenir d'un bleu limpide.

— Comme je te l'ai déjà dit, je ne pense pas que nos parents définissent qui nous sommes.

— Tout à fait.

Je tentai de jeter un coup d'œil à travers le café sans qu'elle s'en aperçoive. Y avait-il eu des témoins de sa transformation ?

— Je ne voulais pas te mettre en colère.

— Ce n'est pas ta faute. (À présent, elle ramassait nerveusement les morceaux de verre brisé et les empilait sur sa serviette en papier.) C'est… C'est un sujet sensible, je suppose.

Aucun problème. Je n'en parlerai plus, Poil de carotte ! Ne t'inquiète pas !

— Au fait, euh, merci pour ton aide hier soir, fis-je en tirant doucement une mèche de ses cheveux (blonds ?). Je n'y serais pas arrivée sans toi.

Elle ne me rendit pas mon sourire.

— Je sais.

Chapitre 32

— Il faut à tout prix que je rencontre cette fille ! s'exclama Jessica.

— C'était surréaliste, rétorquai-je. Vraiment du grand n'importe quoi ! Sans rire : j'avais peur de détourner le regard ! Et puis, elle s'est calmée et elle est redevenue aussi douce qu'un gâteau au chocolat.

— Euh… Elle a fait des trucs magiques effrayants ?

— Non… rien d'autre que ses cheveux et ses lentilles diaboliques. Ah ! si ! Elle a avalé quatre autres muffins !

— Un vrai démon !

— Je sais ! Elle est maigre comme un clou !

Jessica passa une pelote bleu marine à George. Nous nous trouvions au sous-sol. Elle avait embelli la pièce de béton avec des rideaux (accrochés au mur avec du ruban adhésif), un matelas, des tonnes de couvertures et environ soixante coussins. Tout un coin était enseveli sous les chaînettes aux couleurs de l'arc-en-ciel. George ne connaissait qu'un point. Toutefois, le fait qu'il s'amuse à crocheter au lieu de nous attaquer était un soulagement.

Il ne semblait pas énervé par la présence de Jessica… même si nous faisions attention : elle n'était jamais seule avec lui. Du moment que je le nourrissais régulièrement, il ne reniflait pas dans sa direction. Alors elle lui faisait la lecture, lui apportait de la laine, essayait de lui faire boire des smoothies, en vain. Elle le trouvait fascinant. De son côté, il restait propre et se douchait tout seul. J'avais récupéré des tas d'habits dans les placards de Marc et d'Éric pour l'habiller, mais il refusait toujours de porter des sous-vêtements ou des chaussettes.

Il attrapa la pelote de laine qu'elle lui tendait et commença à la dérouler.

Je finis de nettoyer mon visage avec une lingette. Même si j'étais immortelle, mon visage s'encrassait comme tout le monde. Ces lingettes étaient un cadeau du ciel. J'en avais des tonnes dans mon sac.

— Il va falloir la surveiller de près.

— Les mystérieuses armes forgées dans les flammes de l'enfer ne t'avaient pas mis la puce à l'oreille ?

— Si ! Sauf que maintenant, je suis encore plus inquiète ! C'est bien qu'elle tourne le dos à son destin, mais…

— Mais en est-elle vraiment capable ? s'enquit doucement Jessica.

— Voilà ! Regarde Éric et moi : j'avais juré que nous ne serions jamais ensemble et pourtant…

— La grosse cochonne qui sommeille en toi a eu le dessus, finit-elle pour moi.

— Ce n'est pas ce que j'allais dire du tout !

— Oui, oui, ricana-t-elle.

— Si tu pouvais recommencer à m'ignorer, ça m'arrangerait bien.

— Dans tes rêves !

Deux heures plus tard, j'étais en train de regarder Scarlett se débattre dans les bras de Rhett lorsque le téléphone sonna. Aaaah ! Clark Gable ! Je n'étais pas une grande amatrice de moustache, mais il était l'exception qui confirmait la règle. Ces lèvres, ces yeux ! Le téléphone continuait à sonner. Dingue ! Je devais tout faire moi-même dans cette maison !

Je décrochai, toujours gluée à l'écran.

— Allô ?

— Bonsoir, votre Majesté. J'espère que mon appel ne vous dérange pas. J'aurais préféré venir vous voir en personne, mais j'ai tellement de choses à faire !

— Qui c'est encore ?

— Andrea, répondit-elle, au bord de la panique.

— Bien sûr ! C'était un test, Andrea. Tu l'as réussi !

— Merci, Majesté. J'appelais simplement pour m'assurer que vous aviez tout ce qu'il faut pour demain soir.

— Demain soir ?

— Mon mariage ! me rappela-t-elle d'un ton sec.

— Oh ! Bien sûr ! Votre mariage. Je n'ai pas oublié. Ça alors, c'est déjà Halloween, demain ?

— Non. Demain, c'est la répétition.

— Oui, oui, c'est ça. On se voit demain, alors.

— Mon père ne peut pas venir et ma mère est à l'étranger…

Sa voix se tut. Je savais – grâce à Tina qui était toujours au courant des derniers potins – que les parents d'Andrea la croyaient toujours morte. Mais cela ne me regardait pas.

— Hé ! demandai-je soudain. Ça te dérange si j'invite ma sœur ?

Laura allait adorer… Sans oublier que cela faciliterait l'opération « garder un œil sur le suppôt de Satan ». Et si un coup d'État éclatait pendant le mariage, elle se révélerait très utile.

— La décision t'appartient. C'est ton mariage, mais…

— Votre… Ça ne me dérange pas du tout ! Au contraire, j'en serais honorée ! Tous les membres de votre famille sont les bienvenus.

— C'est très gentil de ta part, mais je vais éviter d'en parler à ma mère.

— Ne vous en faites pas !

— Si, il vaut mieux ! Elle observe toute cette situation d'un point de vue scientifique. Elle meurt d'envie de coincer Tina dans un coin et de la bombarder de questions sur « la vie à l'époque ».

— Majesté, je vous promets que ça ne me dérange pas. (Le moral d'Andrea semblait s'améliorer.) Une maman devrait être là.

— Oh ! (Dit comme ça…) D'accord. Je vais lui en toucher un mot. Elle sera ravie. Sincèrement.

— Alors, je suis contente aussi.

Oui, elle paraissait beaucoup plus enthousiaste à présent. Mon père savait que j'étais morte, il avait simplement décidé de m'éviter. Mais dans sa situation, que pouvait-elle bien ressentir ?

Quel effet cela faisait-il de vivre plus longtemps que sa famille ? Ce n'était pas encore un problème pour Andrea, mais ça le deviendrait bientôt. Tina et Sinclair vivaient avec depuis des années. Et un jour, ce serait mon tour. Maman, papa, le Thon, Jessica, Marc… tout le monde finirait par mourir. Laura ? Je n'en avais pas la moindre idée. Avec ses pouvoirs démoniaques et un faible taux de cholestérol, elle pouvait bien vivre cinq cents ans !

Je repoussai cette idée.

— À demain, alors. Dis bonjour à Daniel de ma part.

— Ce sera fait. Bonne nuit, Majesté.

Après avoir raccroché, j'appuyai sur le bouton « Arrêt » du lecteur DVD. Et merde ! Le mariage ! Je devais aller faire les boutiques avant d'oublier encore une fois !

Chapitre 33

Satan m'apparut alors que je sirotais un *Latte* de chez *Starbucks* tout en feuilletant un magazine féminin. Je m'étais installée à une table près du stand (techniquement, c'était la propriété de la pâtisserie d'à côté) pour me reposer et décider de ma prochaine étape : *Nordstrom* ou *Gap Bébé.*

J'avais trouvé une robe noire en cachemire pour aller avec mes escarpins violets, mais je cherchais l'accessoire parfait pour compléter ma tenue. Je pensais également au bébé en pleine gestation : il n'était jamais trop tôt pour commencer à combattre les goûts douteux du Thon.

Tout à coup, quelqu'un était assis en face de moi. Le diable. Satan. Le Seigneur des mensonges. Ce n'était pas une grande surprise. Je savais que cela allait arriver et je la reconnus aussitôt. C'était une évidence, comme d'éviter le mascara noir car il fait les yeux trop petits.

Le diable, au cas où vous vous poseriez la question, est une femme d'une quarantaine d'années. Ce jour-là, elle portait un tailleur gris foncé dont les boutons lui donnaient un faux air militaire, des collants et de simples escarpins noirs. Elle avait les cheveux brun chocolat avec quelques mèches argentées au niveau des tempes. Elles les avaient relevés en un chignon élégant. Ses yeux étaient d'un noir profond et ses oreilles n'étaient pas percées. En fait, le diable ne portait aucun bijou.

Elle m'observa un moment avant d'engager la conversation.

— Tu es la reine des vampires.

Ce n'était pas une question. Elle n'essayait pas de me faire remplir un questionnaire. Je m'essuyai la bouche.

— Euh… Oui.

— Elizabeth Taylor.

— Oui.

Par simple question d'habitude, je jetai de nouveau un coup d'œil à ses chaussures… et me figeai. Ce que j'avais pris pour de simples escarpins noirs étaient en fait des Roger Vivier à talon pique ! Vivier créait des chaussures sur mesure pour les célébrités. C'étaient des modèles pratiquement uniques. La reine Elizabeth en avait porté une paire lors de son couronnement. J'avais devant moi des chaussures façonnées à la main, avec des grenats dans les talons.

1962 environ. Seize paires commercialisées seulement.

Le Saint-Graal de la chaussure.

— Où les avez-vous dénichées ?

Le diable me sourit froidement.

— Tu les veux ?

Oui ! Non. Étais-je prête à vendre mon âme pour des chaussures ? Bien sûr que non ! L'idée en elle-même était absurde. L'éclat des grenats ne m'attirait pas, l'idée de vendre ma toute petite âme de rien du tout ne… Non !

— Et tu es la demi-sœur de ma fille, chérie par l'Étoyle du Matin ?

— Hein ? Ah ! Vous voulez parler de Laura ? C'est vrai, c'est comme ça que le *Livre* l'appelle. Je suppose que « Suppôt de Satan » n'était pas assez flatteur.

Le diable demeurait impassible.

— Le *Livre*. Tu n'aurais pas dû essayer de le détruire.

Essayer ?

Une chose à la fois, s'il vous plaît !

— Il n'allait pas avec la décoration de la bibliothèque.

— Ce genre de choses pourrait être considéré comme un blasphème ! Quelle serait la réaction des catholiques si le pape jetait la première édition de la Bible dans le Mississippi ? Quel message penses-tu avoir donné à tes serviteurs ?

— Je n'ai pas de serviteurs.

— Pardon ?

— Revenons à nos moutons. Vous parliez de Laura. Au fait, merci beaucoup de nous avoir aidés au *Scratch* !

— Je préfère observer plutôt qu'agir, admit Satan. Et puis, je savais que la victoire vous reviendrait. Ensemble, vous êtes presque invincibles. Presque.

— Oui, oui, c'est ça.

J'étais en train de parler au diable. Au diable ! La pire créature de tout l'univers, la raison pour laquelle les gens assassinaient leur mari, renversaient des enfants, buvaient trop, prenaient de la drogue, violaient, tuaient, mentaient, trichaient, volaient… Je ne me sentais pas très à l'aise, je l'admets. Même si elle ressemblait étrangement à Meryl Streep, en brune.

— Il t'aime toujours, tu sais.

— Oui, je sais.

— Au cas où tu en douterais… Ces dernières semaines ont été éprouvantes pour toi, alors je vais être au moins honnête sur ce point : il t'aimera toujours.

— Oui, oui.

Plus tard, Jessica me demanderait : « De qui est-ce qu'elle parlait ? » Et je lui répondrais : « De Dieu. Elle voulait parler de Dieu. » Les vampires trouvaient ça répugnant, Jessica tout à fait normal. Quant à moi, j'avais toujours su la vérité. Ces dernières semaines avaient vraiment été éprouvantes, mais je n'en avais jamais douté.

Elle renifla.

— C'est dommage. Ma fille a le même problème. Vous auriez pu accomplir de grandes choses ensemble. Tant pis, elle le fera toute seule.

— Si j'étais vous, je n'en mettrais pas ma main à couper.

— Je suis joueuse ! (Elle m'observa, les paupières plissées sur ses yeux… bleus. N'étaient-ils pas marron cinq minutes auparavant ?) C'est vraiment dommage ! Tu aurais pu être un adversaire à ma taille… Tu pourrais encore l'être si tu rejetais certaines idées ridicules.

— Ça ne fait rien, la rassurai-je. Ça n'a jamais été mon choix de carrière, vous savez ?

— Hmm… (Elle me scruta de ses yeux noisette.) Ta belle-mère a été le réceptacle idéal pour moi.

— Je n'en doute pas, lui répondis-je sincèrement.

— Et ton père est un idiot.

Bon. Là, elle commençait à me taper sur les nerfs. Que lui avais-je fait… à part refuser d'être démoniaque à toute heure de la journée et ne pas avoir vendu mon âme pour ses chaussures ? Enfin, je n'avais pas encore pris ma décision finale…

— Et si on parlait de quelque chose que je ne sais pas déjà ? Franchement, j'espérais que notre conversation serait intéressante. Après tout, vous avez une certaine réputation…

Le diable m'adressa un sourire moqueur.

—Misérable enfant.

—Écoutez. Vous parler ici me met mal à l'aise.

—Pourtant, je viens souvent.

—Aaaah ! Enfin un commentaire sur notre culture cupide et le rôle démoniaque des centres commerciaux ! Je n'avais jamais remarqué ! Vous savez, j'ai croisé des enclumes plus subtiles que vous !

Le diable m'assassina du regard.

—C'était une simple remarque.

—Eh bien, trouvez autre chose !

—Tu es en train de passer pour une imbécile.

—Je suis du caoutchouc et vous de la colle, fis-je remarquer. Tout ce qui rebondit sur moi s'accroche à vous.

Ses yeux verts se rétrécirent. Pendant un instant, je crus qu'elle allait me sauter dessus. Au bout d'un long moment, elle reprit la parole :

—Prends soin de ma Laura, s'il te plaît.

—Aucun problème.

—J'ai de grands projets pour elle.

—D'accord. Je vais faire semblant de ne pas trouver ça extrêmement effrayant.

Quand elle croisa les jambes, elle releva le pied pour me montrer la semelle de sa chaussure. Aucune éraflure. Elles étaient en parfaite condition !

—C'est ta dernière chance, me dit-elle.

—Il est écrit : tu adoreras le Seigneur, Julia Roberts !

À ces mots, elle disparut dans un nuage de fumée qui sentait l'œuf pourri. Sans rire : ça s'était vraiment passé comme ça. Alors, je retournai à la lecture de mon magazine. L'autre alternative était de faire une crise d'hystérie au milieu des restaurants. Dieu merci, j'avais encore un minimum de dignité.

Chapitre 34

Épuisée après avoir fait les boutiques et partagé un *Starbucks* avec Satan, j'entrai en titubant dans ma chambre. Il y avait une grande boîte posée sur le lit. Comme elle n'avait rien d'extraordinaire, un simple carton marron, je ne m'emballai pas. Assez grande pour des bottes. Jessica m'avait sûrement acheté une paire de bottes d'hiver pendant la journée.

Quand je retirai le couvercle… je faillis tomber dedans tête la première. Sous un film de papier blanc se trouvaient des bottes Mondrian de Kate Spade, des merveilles inaccessibles à 500 dollars. Un rêve de cuir huilé rouge et noir avec des talons de quatre centimètres. Même dans leur boîte, elles avaient de l'allure ! Je les entendais presque me murmurer : « Vrooom, vrooom ! »

— Ooooh ! Ooooh ! gazouillai-je, incapable d'aligner deux mots. (J'adore ! Je les soulevai avec le papier et la boîte pour les serrer contre mon cœur.) Oooooh !

Toute fatigue disparue, je me retournai pour me dépêcher de les montrer à tout le monde (absolument tout le monde), lorsque je me rendis compte que Sinclair se tenait à l'entrée de ma chambre, le sourire aux lèvres. Ses yeux noirs pétillaient de malice.

— Puisque tu m'as séduit, il m'a paru logique que je te séduise à mon tour.

— Oh ! Mon amour ! m'écriai-je en dansant à travers la pièce pour l'embrasser.

CHAPITRE 35

— Bien. Et donc, pour finir…

Je jetai un coup d'œil à mes notes. Ce n'était pas aussi difficile que je le pensais. Il n'y avait pas grand monde pour me juger – ce qui présentait autant d'avantages que d'inconvénients – et, de toute façon, pour être tout à fait objective, j'étais superbe. La mariée aussi, avec sa robe couleur crème, ses perles grises et son maquillage impeccable. Daniel, lui, portait un costume foncé, mais quelle importance ? Dans les mariages, personne ne s'intéresse au marié !

Daniel n'en avait pas parlé à son père. Même si les raisons étaient compréhensibles, je ne pouvais m'empêcher de trouver ça triste. Il avait reporté à plus tard la présentation de son épouse allergique au soleil. Heureusement, ma mère et ma sœur, ainsi que Marc, Jessica, Sinclair et Tina avaient répondu présents. George était sous le charme de son nouveau crochet 6 mm, à tel point qu'il refusait de sortir du sous-sol.

Je n'étais pas particulièrement nerveuse, mais je voulais que ce mariage soit une réussite.

— J'ai fait quelques recherches sur les mariages... laïques, bien sûr... et j'ai trouvé ceci sur le Net. Voilà ce que ça donne :

« Puissent les promesses que vous échangez aujourd'hui durer jusqu'à la fin de vos vies dans la plus profonde des joies. »

Je m'interrompis. Daniel et Andrea se dévoraient du regard tandis que ma mère reniflait bruyamment, comme à tous les mariages auxquels elle assistait. Parfait : ça faisait partie de mon plan diabolique.

— J'ai pensé que ce serait un bon conseil pour tout le monde, sans prendre en compte votre situation un peu spéciale. Maintenant, on va passer aux vœux et après, on pourra aller trinquer. Acceptes-tu, Daniel, de prendre Andrea pour épouse ? De prononcer ces mots qui te lieront à elle pour le restant de vos jours ?

— Oui.

— Et toi, Andrea, choisis-tu d'épouser Daniel ? De prononcer ces mots qui te lieront à lui pour le restant de vos jours ?

Je m'arrêtai de nouveau. La grande question avait été posée. Andrea avait une longue, très longue vie devant elle. Et Daniel n'était pas son mouton. Leur relation pouvait-elle vraiment marcher ? Essaierait-elle de le transformer en vampire ? Accepterait-il ?

Tout ceci ne me regardait pas. Mieux valait se concentrer sur mon discours et s'inquiéter du reste plus tard.

— Oui.

— Par les pouvoirs qui me sont conférés, je vous déclare à présent mari et femme. Tu peux mordre la mariée.

Ils décidèrent de s'embrasser, mais peu importait.

— Encore un petit mot. Emprunté à Shakespeare. Quoi ? N'ayez pas l'air aussi surpris ! Je sais faire marcher un moteur de recherche, vous savez ? Quoi qu'il en soit, quand j'ai lu ce passage, j'ai tout de suite pensé à vous deux… et quel meilleur moment que ce soir pour le partager avec vous ?

Pas la peine de leur dire qu'il s'agissait d'un extrait de *Roméo et Juliette*. Avec un peu de chance, leur histoire aurait une fin plus heureuse.

« Sur les ailes légères de l'amour,
J'ai volé par-dessus ces murs,
Car des clôtures de pierre ne sauraient l'arrêter.
Ce qui lui est possible, l'amour l'ose et le fait [1]. »

Une fois mon discours achevé, je relevai la tête. De l'autre côté de la pièce, Sinclair me souriait.

1. William Shakespeare, *Roméo et Juliette*, acte II, scène 2. Traduction de Pierre-Jean Jouve et George Pitoëff.

EN AVANT-PREMIÈRE

Découvrez la suite des aventures
de QUEEN BETSY

(version non corrigée)

Traduit de l'anglais (États-Unis par cécile Tasson)

Bientôt disponible chez Milady

Prologue

Extrait du St Paul Pioneer Press
Le 15 décembre 2005

Une troisième femme retrouvée morte à Minneapolis, Minnesota !

Le corps d'une habitante de la banlieue cossue d'Edina, Cathie Robinson, 26 ans, a été découvert ce matin aux environs de 6 h 30 sur le parking du Wal-Mart de Lake Street. Les médecins légistes ont conclu à une mort par strangulation. La jeune femme avait été portée disparue le 13 décembre dernier. Elle serait la nouvelle victime du tristement célèbre « tueur des parkings », coupable d'au moins trois meurtres à ce jour.

L'inspecteur Nick Berry, qui travaille main dans la main avec le FBI depuis la découverte du corps de la seconde victime, Martha Lundquist, le 23 novembre dernier, affirme que plusieurs pistes sont actuellement à l'étude : « Cette enquête est notre priorité, nous a-t-il confié. Aucune autre affaire n'est aussi importante que celle-ci. »

Mlle Lundquist avait été portée disparue le 8 novembre. Son corps a été découvert deux jours plus tard sur le parking du magasin White Bear Lake Target.

Le FBI a élaboré un profil du tueur en série : ses victimes de prédilection semblent être de grandes femmes blondes aux yeux clairs et aux cheveux courts. Même si une arrestation est « imminente », Berry incite toutes les femmes à la prudence lorsqu'elles quittent leur lieu de travail.

Selon certaines sources, le tueur des parkings aurait également frappé dans l'Iowa, le Missouri, et l'Arkansas.

Les agents du FBI et de la police locale pensent que Katie Johnson, 27 ans, fut sa première victime : portée disparue le 28 octobre, elle a été retrouvée morte le 4 novembre sur le parking du Lakeville McStop.

Extrait du Star Tribune
Le 17 décembre 2005

Anthonia Taylor et John Peter Taylor (Edina, Minnesota) ont la joie de vous annoncer la naissance de leur fils Jonathon Peter Taylor II, le 15 décembre 2005 à 12 h 05 à la clinique Fairview Ridges.

Chapitre premier

« Elizabeth Ann Taylor
25 avril 1974 - 25 avril 2004
À notre fille bien aimée, seulement endormie »

Voilà ce qui était écrit sur ma tombe.

— C'est vraiment déprimant ! fit remarquer Jessica Watkins, ma meilleure amie.

— Ça fait bizarre ! ajouta ma sœur, Laura Goodman, sans détourner les yeux de la pierre. Très, très bizarre, même !

— « À notre fille bien aimée, seulement endormie ? » lus-je tout haut. Qu'est-ce que c'est censé vouloir dire ?

— Je trouve ça plutôt joli, répondit Laura d'une voix légèrement hésitante.

Avec ses longs cheveux blond vénitien, ses grands yeux bleus et son caban rouge, elle semblait sortir tout droit d'un rêve de vieux pervers. En général, les enfants de pasteur ont tendance à se déchaîner lorsqu'ils quittent le foyer familial. Dans le cas de Laura, la fille du diable (sans rire), c'était tout le contraire : elle essayait d'agir de la façon la plus raisonnable et gentille possible. Un plan machiavélique !

— C'est différent de ce qu'on a l'habitude de lire. La plupart des gens que je connais se seraient contentés d'un verset biblique. Ta maman a été plus inspirée.

— En y réfléchissant, intervint Jessica en passant la main dans ses cheveux noirs lissés en arrière, c'est un peu prophétique, tu ne trouves pas ?

Comme d'habitude quand elle s'attachait les cheveux, elle les avait tellement tirés que l'arc de ses sourcils lui donnait l'air constamment surprise. Toutefois, étant donné l'endroit où nous nous trouvions, elle l'était peut-être réellement.

— Je trouve surtout que je n'ai pas envie de passer le dix-septième jour de décembre devant ma tombe. Voilà ce que je pense !

C'était déprimant et déplaisant à la fois… comme un avant-goût des fêtes de fin d'année.

Jessica soupira de nouveau avant de poser la tête sur mon épaule.

— Pauvre Betsy ! Je n'arrive toujours pas à m'en remettre ! Tu étais si jeune !

Laura sourit d'un air taquin.

— Comme si la crise de la trentaine n'était pas suffisamment traumatisante ! Pauvre Betsy !

— Si jeune !

— C'est pas bientôt fini, vous deux ? Je suis là, au cas où vous l'auriez oublié ! (Boudeuse, je glissai mes mains dans les poches de mon manteau.) Il fait au moins -20 °C ! Je suis en train de geler !

— Tu as toujours froid ! C'est ta faute, aussi : tu as encore oublié tes gants, alors tu n'as pas le droit de râler ! Et pour ta gouverne, il fait 2 °C : gros bébé !

— Tu veux mon manteau ? me proposa Laura. Je ne ressens pas vraiment le froid.

— Encore un de tes nombreux pouvoirs maléfiques ! rétorqua Jessica. On l'ajoutera à la liste, après les armes forgées dans les flammes de l'enfer et ta faculté à calculer les pourboires à 22 % en moins de dix secondes. Au fait, Bets, tu veux bien me rappeler ce que fabrique ta pierre tombale ici ?

Je lui expliquai la situation pour, je l'espérai, la dernière fois de la journée. Comme vous le savez déjà, je suis décédée au printemps précédent et je me suis réveillée à l'aube, le jour de mes funérailles, pour m'aventurer dans le monde des morts-vivants. Faute de corps, l'enterrement fut annulé.

Toutefois, après une dispute interminable avec mon père et ma belle-mère à propos de la somme à dépenser pour une pierre tombale en marbre, ma mère s'était dépêchée d'en acheter une. Mais quand celle-là fut prête à être livrée, les funérailles, la cérémonie, l'enterrement : tout avait été annulé.

(Désormais, ma famille connaissait la vérité sur ma condition. Jessica aussi. On avait raconté à mes collègues et autres connaissances que les funérailles étaient une blague de très mauvais goût.)

Quoi qu'il en soit, ma pierre tombale avait été stockée dans un entrepôt pendant six mois. (Ma belle-mère insistait pour graver mes initiales et mes dates de naissance et de mort sur du simple granite bon marché. Visiblement, même dans ce genre de situation, il n'y a pas de petites économies. Mon père, lui, avait préféré ne pas s'en mêler, comme chaque fois que ma mère et Anthonia se disputaient.)

Après ces quelques mois, les pompes funèbres avaient contacté ma mère pour s'enquérir poliment de ce qu'elle comptait faire de ma pierre tombale. Puisque la concession avait également été payée, elle leur avait demandé de la mettre en terre, deux jours auparavant. Elle m'en avait parlé la veille au beau milieu du déjeuner. Vous imaginez la conversation : « S'il vous plaît ! Je vais prendre une soupe de tomate avec des croutons au parmesan ! Oh ! Au fait, ma chérie, j'ai fait installer ta pierre tombale au cimetière, hier. »

Poussées par une curiosité morbide, Jessica et Laura mouraient d'envie d'aller voir. Je les avais accompagnées. Pourquoi pas, après tout ? J'avais besoin de m'éloigner un peu des préparatifs du mariage et de l'écriture des cartes de vœux.

— Ta mère, reprit Jessica, est un incroyable modèle d'efficacité !

Laura rayonna.

— C'est vrai ! Le docteur Taylor est si gentille !

— Et moi qui croyais que ma belle-mère ne pouvait pas sombrer plus bas dans la connerie… Sans vouloir t'offenser, Laura.

Techniquement, le Thon était la mère biologique de Laura : longue histoire !

— Ça ne me blesse pas, répondit-elle d'un ton enjoué.

— Bon, ça y est ? Votre curiosité malsaine est satisfaite ?

— Attends ! Attends !

Quand Jessica déposa un bouquet d'arums blanc crème sur ma tombe, je faillis hurler. Je pensais qu'elle les avait achetés pour décorer une des centaines de tables de la maison. Sûrement pas pour fleurir ma tombe ! Quelle horreur !

— Voilà !

— Prions, suggéra Laura.

— Pas question ! Putain, vous êtes complètement cinglées, toutes les deux !

— Surveille ton langage ! rétorqua ma sœur.

— Il est hors de question que l'on prie sur ma tombe ! Rien que le fait de me trouver ici me met mal à l'aise. Ce serait la goutte d'eau qui ferait déborder le vase de la bizarrerie. Vous êtes dingues !

— Critique tant que tu voudras : ce n'est pas moi qui suis un régime liquide, Ô Reine des Vampires ! Si on ne prie pas, autant s'en aller.

— Oui, répondis-je en jetant un dernier coup d'œil à ma tombe. Allons-y.

CPI
AUBIN IMPRIMEUR

Achevé d'imprimer en mars 2011
N° d'impression L 74347
Dépôt légal, avril 2011
Imprimé en France
81120500-1